文庫

機捜235

今野　敏

KOBUNSHA

光文社

目次

機捜235

1

「高丸《たかまる》」

俺《おれ》は、名前を呼ばれて振り向いた。班長の徳田《とくだ》だ。

「何ですか?」

「臨時の相棒の件だ」

「ようやく決まったんですか?」

「ああ、今日の午後に着任することになっている。着任の報告に付き合え」

「了解です」

俺は、機動捜査隊員だ。

第二機動捜査隊に所属している。第二機動捜査隊は、第三、第四、第五、そして第十の各方面を担当している。

俺は、第三方面を担当しており、渋谷署の分駐所に詰めている。機動捜査隊は、略して機捜隊あるいは、機捜などと呼ばれている。機捜がどんな仕事をしているか、一般にはあまり知られていない。俺たちは、機捜車に乗って、エリア内を巡回している。

まあ、地域課のパトカーと変わらないと言ってしまえばそれまでだ。だが、俺たちは、凶悪事件の端緒《たんしょ》に触れることが多い。

巡回中に無線が入れば、ただちに現場に急行するからだ。あるいは、不審車両のドライバーや不審者に職質をかけるのだが、彼らが突然、凶悪犯と化すこともある。

今回がそうだった。

俺と、相棒の梅原《うめはら》は、当番の日に渋谷道玄坂《どうげんざか》に駐車しているワンボックスカーの後ろに、機捜車を停めた。俺たちの機捜車は、日産スカイライン250GTだ。

地味なシルバーボディーで、無線と照会用端末とマグネット式の赤色回転灯を積んでいる他は、普通の車と変わらない。

それがいいのだ。覆面パトカーの中には、ルーフに赤色灯を格納するタイプもあるが、それだと特種用途自動車になり、ナンバーの頭が通常の3ではなく、8になってしまう。覆面車であることを宣伝しているようなものだ。

機捜車は、3ナンバーのままだ。ちなみに、走行中に、助手席から赤色回転灯をルーフに取り付けるシーンを、ドラマや映画で見るが、規定では、停車して取り付けることになっている。

俺と梅原は、紺色のワンボックスカーに近づき、運転席を覗《のぞ》き込んだ。若者が、寝ていた。

俺がバックアップになり、梅原が窓をノックして声をかけた。

最初は、普通に受けこたえしていた若者が、突然、キレはじめた。梅原が何を言ったのかは知らない。

問題は、その後、運転席から飛び出してきた若者が、梅原に殴《なぐ》りかかったことだ。梅原も突然のことに、通常どおりの対処ができなかった。

よろけて、車道と歩道の段差に足を取られた。ひっくりかえったときに、打ちどころが悪く、大腿部を骨折してしまった。全治三ヵ月だ。

俺は、咄嗟《とっさ》に特殊警棒を伸ばし、若者に打ちかかった。暴れる若者に、閉口したが、なんとか取り押さえることができた。逮捕術を真面目《まじめ》に練習していて本当によかったと思った。

応援を呼んで、ワンボックスカーの中を捜索すると、乾燥大麻やドラッグの錠剤がわんさと出てきた。

手柄を挙げたのはよかったが、梅原は病院送りになってしまった。パートナーがいない俺は、巡回に出ることもできずに、分駐所でぶらぶらしていた。

それは、いくらなんでも人材の無駄使いなので、急遽《きゅうきょ》新たなパートナーが配属されることになった。臨時の扱いで、梅原が復帰した後はどうなるかわからない。

そのパートナーが、午後にやってくるというのだ。

俺は、どんなやつか楽しみだった。最近は、女性警官が機捜にやってくる例も少なからずある。美人の女性警官と二人で、パトロールというのも、悪くない。

「あの……、機捜の分駐所というのは、ここですか？」

すっかり髪が白くなった、皺《しわ》の目立つ男が声をかけてきた。

そのとき、分駐所の詰め所には、俺と班長しかいなかったので、俺が応対した。

「そうですが、何か……？」

「あの、着任の報告に来たのですが……」

髪の真っ白な男は、どこか申し訳なさそうに言った。

「着任……？　何のことです？」

「私、このたび、機捜を拝命いたしまして……」

俺は、あっと声を上げてしまった。

まさか、こんな年齢《とし》の人がやってくるとは思ってもいなかった。

機捜に配属になるのは、たいてい若い連中だ。所轄から選抜されて、機捜で鍛え、その中からさらに選ばれた者を本部捜査一課に引っぱる、というのが普通だ。

やってきた男は、どう見ても定年間際だ。機捜の仕事が勤まるのだろうか。俺は、他人事《ひとごと》ながら心配になった。

いや、他人事ではなかった。彼は、俺の相棒として配属されたのだ。つまり、俺は、この人と、しばらくいっしょに仕事をしなければならないのだ。

徳田班長が立ち上がって言った。

「こちらへどうぞ。着任の報告をしてください」

型どおりの報告が終わる。俺も、それに立ち会った。

「では、紹介します。こちらが、パートナーの高丸です」

「タカマル……？」

「高い低いの高に、丸《まる》の内《うち》の丸です。彼は、こう見えても、機捜の経験は充分ですから、具体的なことは彼に聞いてください」

「縞長《しまなが》です。縦縞横縞の縞に、長い短いの長いという字を書きます。よろしくお願いします」

俺は、まだ三十四歳になったばかりだ。白髪《しらが》の頭を下げられて、俺は、少しばかり慌《あわ》てた。

「こちらこそ、よろしくお願いします」

そう言ったものの、実は、心の中で溜め息をついていた。

機捜は、二人ずつ機捜車に乗って巡回をする。班の中でも競争はあるし、班同士の競争もある。誰が、いち早く機捜を抜けだして、警視庁本部捜査一課の捜査員になれるか。それは、実績にかかっている。

パートナーに足を引っぱられては、実績を上げるのもままならない。

まあいい、と俺は思った。ずっと、縞長と組むわけではない。梅原が入院している間だけのことだ。

縞長が渋谷署内の分駐所にやってきたのは、午後一時ちょうどだった。まだまだ終業時刻までは間《ま》がある。機捜車で巡回に出ることにした。

後輩がハンドルを握るのが習わしだが、警察官としては、縞長のほうがずっと先輩だ。俺が、運転することにした。

渋谷署の駐車場に行くと、スカイラインを指さして、俺は言った。

「これが、自分らの機捜車です。主に、これに乗って勤務します」

「班長から、コールサインが、機捜235だと聞きましたけど……」

「そうです」

「普通は、警視12とか、渋谷20とか、所属のあとの数字は二桁ですよね。機捜は三桁なんですか？」

「最初の2は、第二機動捜査隊を意味します。次の3は、第三方面隊です。そして、この班の5番目の車という意味ですね」

「へえ、そうなんですね……」

妙なことに感心するんだな。そんなことを思いながら、車の後ろに回ってトランクを開けた。

「装備を確認してください。防弾楯《たて》、防弾チョッキ、防弾ヘルメット、ストップスティック……。ユーダブや受令機は車内にあります」

ストップスティックというのは、強制的に車両をストップさせる機材だ。ユーダブは携帯用の無線機のことだ。

「はい、確認しました」

「拳銃は携行していますね？」

「ええ、総務課からそう言われてましたので……。機捜は、拳銃を常時携行するんですね？」

「そうです。他の私服警察官は、拳銃を持ち歩かないのが普通ですが、自分たちは、初動捜査で、凶器を持っている犯罪者と遭遇することが多いので、常時携行します」

縞長は、目をぱちくりさせた。

「はあ……。機捜はたいへんなんですね」

そうなんだよ。あんたのようなロートルに勤まるところじゃないんだよ。そう言ってやりたかった。だが、さすがに、そんな口はきけない。

「いえ、普段は、のんびりとパトロールをしていることが多いんですよ。さあ、出かけましょうか」

「はい」

二人は、機捜２３５に乗り込んで、渋谷の街に出た。

翌日は、第二当番だ。第二当番とは夜勤のことである。

機捜は、四交代なので、第一当番の日勤の翌日が第二当番、そして非番となり、その翌日が公休か、または日勤だ。その日も、ずっと車の中にいた。常に無線を聞いている。

だが、緊急の呼び出しはなかった。あくびが出そうだった。その気配を察したのか、縞長が言った。

「なるほど、おっしゃったように、のんびりとしたもんですね」

冗談じゃない。こんな日がいつまでも続くと思わないでくれ。

「でも、仕事がないわけじゃないんです。こうして街を巡回していると、不審車両や不審者が目に付きます。それらに、職質をかけることも、重要な仕事なんです」

「ああ、そうですね、おっしゃることは、わかります」

「あの……」

「何です？」

「その、おっしゃる、とかいうのは、やめませんか？」

「は？　敬語は使わぬようにと……？」

「自分のほうが年下ですし、パートナーなんですから……」

「でも、いきなり、タメ口というわけにもいかないでしょう」

「せめて、『おっしゃる』だけでもやめましょう」

「わかりました。しかし……」

「しかし、何です……？」

「いくら若くても、相手がキャリアだったら、敬語を使わなければなりません。私は、そういうのに、慣れてしまっていますから……」

「自分はキャリアでもなければ、上司でもありませんから……」

「そうですね……」

どうも、調子が狂う。暖簾《のれん》に腕押しという感じだ。梅原といっしょのときは、打てば響くという感じだった。梅原とは、年齢も同じなので、最初はぶつかることも多かったが、気心が知れるまで時間はかからなかった。

慣れない相手と、長時間車に乗っているのは、気詰まりなものだ。なんとか、自然に会話できるようになりたい。

自然に会話ができる関係というのは、沈黙も自然だということを意味している。だが、慣れない相手といっしょだと、沈黙が重たい。

つい、いろいろと相手のことを質問してしまう。

「縞長さんは、今巡査部長でしたよね？」

「そうですね。あなたと同じですよ」

横目でちらりと見ると、笑っていた。苦笑なのかもしれない。

「失礼ですが、おいくつですか？」

「五十七歳です。あと三年で定年ですよ」

巡査部長で定年を迎える警察官は、決して珍しくはない。特に所轄の警察官は、現場の仕事が忙しく、ついつい昇任試験を受けるのを後回しにしてしまう。気がついたら、定年間際ということになるのだ。

だが、機捜は警視庁本部の刑事部に所属する執行隊だ。

「機捜に来る前は、どちらにいらしたのですか？」

「ほら、あなたも、敬語を使っている」

「そうですね。では、言い直します。どこにいたのです？」

「本部の捜査共助課です」

「へえ……」

本部所属で、この年になって巡査部長というのは珍しい。

捜査共助課というのは、道府県警との連絡業務や、広域犯罪の手配を担当する部署だ。

実際にどんなことをしているのか、俺はよく知らない。興味もない。

俺は今、機捜の仕事に専念することしか考えてない。捜査一課への階段を上るためには、結果を出すことが重要なのだ。

渋谷の街をぐるぐると巡回する。着飾った若者たちの街だ。夕暮れ時から、いっそう若者たちの姿が目立つようになってくる。

「これからが本番ですよ」

俺は言った。「日が暮れると、アルコールが入った人が増える。若者たちが暴走することもある。暴行傷害事件が起きやすくなります。派手な恰好《かっこう》をした若い女性は、犯罪の種とも言えます。性犯罪や大麻・麻薬・覚醒剤の売買にも眼を光らせなければなりません」

「はい」

本当にわかっているのだろうか。まあ、縞長にとっては、機捜の仕事はまだ二日目だ。ぴんとこないのも無理はない。俺は、そんなことを思っていた。


分駐所に戻って仮眠を取った。

それから、再び、深夜の街へ、スカイラインで巡回に出た。

「昔は、徹夜など平気だったんですけどね……」

助手席で縞長が言った。「年には勝てないな……」

「あと、四時間ほどで上がりですよ」

俺がそう言ったとき、無線が流れた。

「通信指令センターから各局、通信指令センターから各局……」

俺は、耳を澄ました。渋谷区桜丘町《さくらがおかちょう》のコンビニで強盗事件が発生したという知らせだ。

無線の応答は、助手席にいる者の仕事だ。だが、縞長は動こうとしない。指示を待っているのかもしれないと、俺は思った。

「応答してください。現場に急行します」

つい、苛立《いらだ》った口調になってしまった。

「あ……」

縞長は、ようやく無線のマイクに手を伸ばした。

「通信指令センター、こちら機捜235。現場に急行します」

「機捜235、了解」

「回転灯を出してください」

「停車して出すのが決まりじゃないのですか？」

「それを守っている人は、あまりいませんよ」

コンビニエンスストアというのは、その名のとおり、とても便利な店だが、それはつまり、犯罪者にとっても便利ということだ。万引き犯には商品が、強盗には現金が、二十四時間用意されているようなものだ。

現場は、桜丘町の坂を上りきったところにあるコンビニだ。俺たちが現着《げんちゃく》したときには、すでに同じ班の車が一台駐まっていた。

一番乗りじゃなかったか……。俺は、心の中で、舌打ちしていた。

店内は、まだ落ち着かない雰囲気だ。まず目に付いたのは、レジカウンターの前にできた血だまりだ。カウンターに寄りかかって座っている若い男が腹から血を流している。

最初に駆けつけた同じ班の二人は、その若い男に話しかけている。俺は、その一人に尋ねた。

「救急車は？」

「手配した」

「その人は？」

「強盗犯を取り押さえようとして、腹を刺された」

「犯人を見ているんだな？」

「ああ。こっちはいい。目撃情報を集めてくれ」

店内には、刺された男を含めて五人がいた。そのうち一人が従業員だ。若い女性が二人。彼女らは、近くのキャバクラか何かの従業員だろう。かなり酒が入っている様子だ。

そのうち、同じ班の残りの二台も到着した。そのうちの一台には、徳田班長も乗っていた。手分けして、聞き込みに当たる。野次馬の整理は、所轄の地域係に任せた。

救急車もやってきた。腹を刺された男が、搬送されていく。地域係の一人が付き添った。

ちらりと縞長の様子を見た。彼は、酔っ払ったサラリーマン風の男から話を聞いている。

俺は、キャバクラ嬢らしい二人組の女性に声をかけた。

「事件が起きたときに、店にいましたか?」

「わかんない」

丸顔で、巨乳の子が言った。「わあ、きゃあ、どたんばたんて、感じで、そっちを見たときには、あの人が座り込んでた……」

「犯人は、見てないよ」

すらりとした長身の子が言う。「私たち、レジのほうに背を向けてたから……」

俺は、丸顔のほうに質問した。

「悲鳴を聞いたということですか?」

「悲鳴というか、わめき声というか……」

「男性の声でしたか? 女性の声でしたか?」

「両方よ」

店内に、女性は、彼女たちだけだ。ということは、犯行を目撃してこの店から逃げ出した女性がいるということだ。それを、所轄の刑事に伝えなければならない。

俺は、二人の女性に言った。

「名前と電話番号を教えてください」

背の高いほうが言った。

「何のために?」

「後で刑事が、話を聞きたがるかもしれないので……」

「刑事がって……」

丸顔が言った。「あんた、刑事じゃないの?」

ここで、機捜と所轄や捜査一課の刑事の違いを説明しても始まらない。俺は言った。

「いろいろと担当があるんです」

「ふうん」

背の高い子が言う。「ナンパじゃないよね」

俺は、こたえた。

「仕事です」

二人の住所・氏名・携帯電話の番号を聞き出して解放した。

縞長も話を聞き終わったところだった。

「そっちはどうです?」

「二人の男が揉《も》み合って、一人が刺された場面を目撃したそうです」

「それは朗報ですね」

「刺して逃走した男は、マスクをして、野球帽型の帽子を目深《まぶか》にかぶっていたそうです。さらにその上からパーカーのフードをかぶっていたようですね」

「監視カメラ対策でしょうね。目撃者は？」

「住所・氏名・連絡先を聞いて帰ってもらいました」

そこに、鑑識と所轄の刑事たちが到着した。鑑識係員たちは、てきぱきと現場の保存作業を始める。番号がついた札が並べられ、カメラのストロボが瞬く。

指紋採取を始める係員もいれば、足跡を採取しようという係員もいる。犯行現場のお馴《な》染《じ》みの雰囲気になってきた。

だが、実は、この段階になると、俺たちの仕事は終わる。

所轄の刑事が、俺たちのところに話を聞きに来た。熊井《くまい》という名の巡査部長だ。ずんぐりとした体型で、名前のとおり熊のような男だ。夜明け前に起こされ、機嫌が悪そうだ。

「それで……？」

「現着したときに、店内にいたのは従業員一名を含めて五人。女性が二人。その二人は、犯行を目撃していない。犯人が若い男性客を刺した現場を目撃した男がいる」

俺は、縞長を見た。縞長は、その男の名前・住所・連絡先を、熊井に教えた。熊井は、メモを取ってから尋ねた。

「そいつは、どこにいる？」

縞長が、こたえた。

「帰りましたが……」

熊井が、縞長を睨《にら》みつけた。

「目撃者だぞ。足止めしなかったのか？」

縞長は、困った様子で、俺を見た。俺は、熊井に言った。

「連絡先は押さえてある。犯人の人着《にんちゃく》も聞き出したんだ。問題ないだろう」

「この時刻に、俺が電話をして、今から会いに行っていいですか、と尋《たず》ねるのか？　どうしてそんな手間をかけなきゃならないんだ？　それとも、あんたらが、調書を書いてくれるのか？」

縞長が言った。

「足止めしておく必要があるとは思わなかったんです。すいません……」

熊井は、露骨に舌打ちをした。

「俺たちが現着するまで、十分かそこらだろう。どうして、それまで待てなかったんだ」

俺は言った。

「犯人の人着はわかってるんだ。俺たちに文句を言う前に、緊配を敷くとか、やることがあるんじゃないのか……」

熊井は、俺を三秒くらい睨んでいたが、やがて言った。

「人着は？」

縞長がこたえた。熊井は、メモを取り、足早に去っていった。無線で連絡を取るためだろう。

俺は、縞長に言った。

「さて、俺たちは、引け時ですよ」

「もういいんですか？」

「初動捜査を所轄に引き継げば、俺たちの役目は終わりです。次の事件が起きるかもしれません」

「機捜は、慌ただしいんですね」

コンビニの外に出ると、熊井が声をかけてきた。

「もう、上がりか？」

俺はこたえた。

「ああ、あと少しで当番も明ける」

「機捜は、気楽なもんだな。朝になったら、明け番だ。俺たちは、これからずっと捜査だ」

「そう」

俺はできるだけ皮肉な口調で言ってやった。「気楽なんだよ」

2

機捜車に戻ると、縞長が言った。

「目撃者を帰してしまったのは、たしかに私のミスです。申し訳ないことをしました」

「情報は聞き出していたんです。初動捜査としては問題はありません」

「私が捜査員なら自分自身で目撃者に話を聞きたいと思うはずです。私も長年、捜査に携わってきましたが、立場が変われば、そんなことにも気が回らなくなるんですね」

「慣れの問題です」

「あの捜査員は、機捜が気楽だと言っていましたね……」

「所轄や捜査一課の刑事は、みんなそう言います。あっちこっちほじくり回して、被疑者を逃がしたり、落とせなかったりしたら、みんな俺たちに回して来やがる……。そんなことを言う連中もいます」

「なんと、まあ……。それぞれの部署が抱える問題は、外から見ているだけじゃ、わからないもんだね……」

俺は、何もこたえたくなかった。機捜は、文字通り機動力を活《い》かして、捜査活動の支援をするのが主な目的だ。一人前の捜査員になるための、ワンステップという意味合いもある。

定年間際のくたびれたオヤジがやる仕事じゃない。どうして、縞長が配属されたのか、不思議でならなかった。

ともあれ、もうじき当番も終わる。そうしたら、待機寮の部屋に帰ってゆっくりと休める。

俺は、ふと熊井のことを思い出した。俺たちから捜査を引き継いだ彼らは、これから働き続けるのだ。

たしかに、俺たちは気楽に見えるかもしれない。だが、俺たちには、俺たちの仕事がある。

すっかり夜が明けていた。渋谷の街が色あせて見える。路上では、まだ酔った若者たちがたむろしたり、歩き回ったりしている。

俺は、分駐所に戻ることにした。これから書類を書いて、引き継ぎの用意をしなければならない。

梅原と組んでいたときは、明け番で分駐所を出て、そのまま いっしょに朝食を食べに行ったり、ときには、午前中からビールを飲んだりしたものだ。

縞長の疲れ果てた様子を見ると、とてもそんな気にはなれない。なんだか、俺自身も年を取ってしまったように疲れていた。

早く帰りたい。俺は、そんなことを思っていた。


明け番の日の二日後だった。朝から縞長と二人で、機捜車による巡回をしていた。

テンションが上がらないなあ……。

朝から、そんなことを考えていた。一人で手柄を立てるのは、無理だ。パートナーの協力が必要なのだ。

実績を上げるためには、誰と組むかも重要な要素だ。これまで、俺は精一杯頑張ってきた。それも、梅原が相棒だったからこそだ。縞長がパートナーでは、どうしても機動力が落ちる。

コンビニ強盗のときの初動捜査で、熊井が文句を言ったのは当然だ。円滑な引き継ぎのためには、捜査員が求める事柄について、きめ細かに配慮しなければならない。

慣れていないということもあるが、おそらく、縞長は、自分が継続的に捜査をする刑事のような感覚でいたのだろう。

ベテランの縞長には、捜査の支援に徹することは難しいかもしれない。捜査共助課にいたということだが、機捜はまた別な気づかいを求められるのだ。今後も、捜査員との軋轢《あつれき》があるだろう。それを、カバーするのは、相棒の俺の役目だ。

俺は、溜め息をつきたくなった。

何度か、通信指令センターからの無線が流れたが、今日は担当区域内での事件はまだない。

午前中ということもあり、不審車両も眼につかない。分駐所に引きあげようかと思ったとき、縞長が言った。

「ちょっと、車をどこかに寄せてくれませんか？」

ちょうど、消防署のほうから、ハチ公前のスクランブル交差点に向かって走行しているときだった。

「どうしました？　トイレですか？」

年を取ると、トイレが近くなるという話を聞いたことがある。

「いや、そうじゃなくて……」

「じゃあ、何です？」

「職質をかけたいやつがいるんです」

「職質……？　どこです？」

「今、駅のほうからこの脇の歩道を歩いていきました」

「不審な動きは見えませんでしたが……」

「いや、動きじゃなくてね……。とにかく、車をどこかに寄せてください」

「わかりました」

「お願いします」

俺は、路上駐車している車やタクシーの空車が並ぶ歩道脇に、なんとか車を寄せて停めた。

職質となれば、一人で行かせるわけにはいかない。縞長が車を降りるのを見て、俺も運転席から出た。

縞長は、ガードレールをまたぐのに苦労しているように見える。歩道に出た彼は、今来た道を徒歩で戻りはじめた。

俺は、彼の横に並ぶと言った。

「この人混みです。マル対がわかりますか？」

「服装は一度見たら忘れません」

いったい何が眼についたというのだろう。何かを見つけたとしても、人が大勢行き来する渋谷駅近くの路上では、すぐに逃げられてしまいそうな気がした。

縞長は、迷いのない歩調で、歩いて行く。とにかく付いて行くしかない。

公園通りとのT字路にやってきて縞長は、立ち止まった。俺は、小さくかぶりを振って言った。

「やっぱり、見失いましたか」

縞長は、人差し指を自分の口に当てた。静かにしろということだ。俺は、訳がわからず、半ば腹を立てていた。

縞長は、公園通りに向かって歩き出した。信号が変わったのだ。俺は、黙って縞長に従う。

パルコのあたりまで来たとき、縞長が言った。

「先に行って、逃走に備えてください」

「逃走って……、誰がです？」

「これから、私が職質をかけます」

とにかく、この場は、言われたとおりにするしかない。

「じゃあ、この先の勤労福祉会館前の交差点まで先行します」

「はい」

俺は、縞長を残して、足早に歩道を進んだ。

職務質問だって……？

こちとらは、職質のプロなのだ。その俺が何も気づかなかった。つまり、不審な動きなどなかったということだ。

縞長は、俺にやる気のあるところを見せたいだけなのかもしれない。だとしたら、逆効果だ。俺としては、足を引っぱらないでいてくれればそれでいいのだ。

交差点まで来て、信号待ちのふりをしてさりげなく振り返る。縞長が、一人の男に声をかけるところだった。

目立たない男だ。ジーパンに、ブルーのシャツ。黒っぽいジャケットを着ている。髪は長くもなく、短くもなく、眼鏡をかけている。

挙動不審でもなければ、不審な荷物を持っているわけでもない。人相にも見覚えはなかった。

逃亡犯や指名手配犯については、俺も普段から写真を見て顔を覚えるようにしている。それも機捜の心得の一つだ。

だが、その男にはまったくぴんとこない。

やはり、適当に声をかけただけなのか……。縞長は、いかにも仕事をしているというポーズを見せたいだけなのではないだろうか。

歩道の端で、二人は話を始めた。そのとき、俺は、おや、と思った。

縞長が、手帳を出して、身分証とバッジを見せた。とたんに、相手の男は落ち着かない様子になった。

明らかにうろたえている。それまで、男は、縞長を見つめていたが、今は眼をそらしてうつむいている。

来る。

直感で、俺はそう思った。逃走の気配があった。

案の定、男は、いきなり駆けだした。通行人を突き飛ばして、こちらに向かってくる。職務質問の最中に逃走。緊急逮捕の要件を満たしている。

ここで取り逃がしたら、機捜の名が泣く。俺は、猛烈な勢いで駆けてくる男の前に立ちはだかった。

相手は、走る勢いそのままに、体当たりを食らわそうとする。俺は、両手でその肩を捕まえつつ、すいと体をかわした。同時に、脚を相手の前に出す。

柔道の支え釣り込み足のような形だ。男は、見事に歩道にひっくり返った。馬乗りになり、手錠を打つ。

男を立たせたときに、どっと汗が噴き出てきた。縞長が、駆けてくる。息を切らしていた。

「身柄確保しました」

俺は縞長に言った。「でも、どういうことなんです？」

縞長は、荒い呼吸のまま、言った。

「指名手配犯の、荒木田《あらきだ》猛《たけし》です。間違いありません」

俺は、驚いた。殺人の指名手配犯だ。交際を断られた女性の自宅に押し入り、彼女とその両親を殺害した。

手配書は、もちろん見ていた。だが、捕まえた男は、明らかに別人に見えた。

「人違いじゃないんですか？」

「今、応援を呼びました。渋谷署に身柄を運んで、調べればわかるでしょう」

もちろん、取り調べは、俺たちの役割ではない。渋谷署の刑事課に引き渡したら、その時点で、機捜の役割は終わりだ。

縞長は、自信まんまんの様子だ。だが、その自信がどこから来るのか、俺にはまったくわからなかった。

人相が違う。縞長が間違っているとしか思えない。だが、その男が逃走を試みたことは確かだ。

人違いだったら、また刑事課の熊井あたりから、ぶうぶう言われそうだ。俺は、ちょっと憂鬱《ゆううつ》になっていた。


俺たちが身柄確保した男が、間違いなく荒木田猛だと確認されたのは、それからほどなくだった。指紋が一致したそうだ。刑事課の担当者が、分駐所にいる俺に、携帯電話で知らせてくれた。

「驚きましたね……」

俺は、縞長に言った。「どうして彼だとわかったんです？」

「言ったでしょう。私は、捜査共助課にいたって……」

「そりゃ、捜査共助課は、指名手配などに関わっているでしょうが……」

「聞いたことありませんか？　捜査共助課の見当たり捜査班」

それを聞いた俺は、眼を丸くしていた。

「あ、縞長さんは、見当たり捜査班だったのですか？」

「ええ、長いことそこにおりました」

見当たり捜査班というのは、指名手配犯を見つけることに特化した捜査班だ。指名手配犯の顔を覚え、駅などの人混みに立ち、発見につとめるのだ。捜査員たちは、五百人もの指名手配犯の顔を記憶しているということだ。

話には聞いていたが、実際に見当たり捜査班にいたという人に会ったのは初めてだった。

「なるほど、それで……」

「記憶した顔は見逃しません」

「しかし、荒木田は人相を変えていましたよね。おそらく、整形手術をしたと思われますが、よく見破れましたね」

「私らは、眼を覚えろと言われます。どんなに変装をしても、整形手術をしても、眼だけは変えられない。それを見破る訓練を受けるんですよ」

「なるほど……」

渋谷署刑事課の担当者は、ついでにもう一つの事案について知らせてくれた。コンビニ強盗の件だ。俺は、それを、縞長に話した。

「昨日、コンビニ強盗の被疑者が身柄確保されました。決め手となったのは、縞長さんが聞き出した目撃証言だったそうです」

「それは、よかった」

縞長が、にっこりとほほえんだ。俺は、彼が本気で笑ったところを、初めて見た気がした。

俺は、縞長をすっかり見直していた。

元見当たり捜査班か……。

俺も、密かにほほえんでいた。

この先、どれくらいの付き合いになるかわからないが、なかなか楽しめそうじゃないか。

暁光

1

俺は、日勤を終えて、スカイライン250GTを降りた。

臨時の相棒、縞長省一《しょういち》とともに渋谷署の分駐所に戻り、一日の報告書を書きはじめた。

警察官の仕事は、報告書を書くことで終わる。俺や縞長も例外ではない。

俺と縞長は機動捜査隊員だ。一日中車に乗り、街の中を走り回っていた。これを、俺たちは「密行」と呼んでいる。

今日は、平穏な一日だった。

担当する地域で事件が発生すると、通信指令センターから無線が流れる。

それを受信したら、機動捜査隊はすみやかに現場に駆けつけなければならない。多くの場合、所轄の地域課係員が真っ先に現着しているが、二番手は機動捜査隊だ。

今日は、そうした無線もなかった。不審車も見当たらず、何事もなく分駐所に戻って来た。

こんな日もある。明日は夜勤だから、きっと忙しいだろう。今日は帰ってのんびりしたい。

縞長も当然そう思っているはずだ。同じ年齢でもまだまだ精力的な警察官は少なくない。

だが、縞長は実年齢よりも老けて見えるタイプだった。白髪のせいかもしれない。彼も、もくもくと報告書を作成している。

もう少しで書類ができるというときに、俺は班長の徳田一誠《いっせい》に呼ばれた。

徳田は、四十五歳の警部だ。見るからに刑事らしい顔つきをしている。日焼けをしていて、体格もひきしまっている。彼は、第二機動捜査隊の一個班を束ねている。

「梅原がようやく現場に復帰できるそうだ」

梅原健太《けんた》は、俺の相棒だった。同じ年で同じ階級だ。

彼は、任務中に大腿部を骨折して入院した。しばらく任務を休まねばならず、その間に縞長が着任し、俺とパートナーを組んだのだ。

縞長が臨時の相棒だと言ったのには、そういう訳があった。

梅原がリハビリを終えて職場復帰してくるということは、また彼と組んで仕事ができるということだ。

当然、俺はそう思った。

徳田班長が、続けて言った。

「戻っては来るが、しばらくは様子を見なければならないかもしれない。その間は、今までどおり、縞長さんと組んでくれ」

俺は、何か妙だなと感じた。

「いずれ、また梅原と組めるのですよね？」

徳田がちょっと困ったような表情になった。隠し事が苦手なのだ。

「あいつが入院しちまった当初は、そのつもりでいた。だが、少々事情が変わってきてな……」

「はあ……」

「今日、人事のほうから連絡があったんだが、どうやらうちの班に、若いのが配属されるらしい。そうなると、誰かと組ませなければならない」

「縞長さんはどうなんですか？」

「たしかに、シマさんは刑事としてはベテランだ。だが、機捜の経験は浅い。新人の教育係として適任ではない」

俺と梅原は、それなりに機捜の経験を積んでいる。どちらも巡査部長だ。二人を分けてそれぞれを経験の少ない隊員と組ませたほうが合理的であることは間違いない。

だが、がっかりしたのは事実だった。

別に縞長に不満があるわけではない。警察官としては大先輩だ。だが、やはり年齢が違うと何かとやりにくいこともある。

同じ年齢の梅原とはツーカーの仲だった。気心が知れていると、仕事にも前向きになれる。

「それにな……」

徳田班長が言った。「シマさんとおまえは、着実に実績を上げている。それも考慮してのことだ」

「実は、うかがっておきたいことがあるのですが……」

俺はこの際だからと思い、言った。

「何だ？」

「縞長さんは、どうして機捜に配属になったのでしょう？」

「それは上のほうで考えることだから、俺たちが知る必要はない」

「でも、班長は何かご存じなんでしょう？」

機動捜査隊には、若い刑事が任命される。

各所轄署の刑事課から見所のある若い刑事が集められる。そして、機捜を経験した者の中から警視庁本部捜査一課に引っぱられる例が少なくない。いわば、機捜は若い刑事の登竜門でもある。

文字通り機動力を駆使するためには、体力も必要だ。そして、重要事案の端緒に触れることがあるので、いろいろな経験を積むことができる。

そんな機捜に、五十七歳の刑事が配属になるというのは例外と言っていい。

俺は、かねてからそれを不可解に思っていたのだ。

徳田班長は、難しい顔をした。

「上の思惑だと言っただろう」

「どういう思惑なのでしょう？」

「縞長さんの特技はもちろん知っているな？」

「はい」

縞長は、機捜に来る前は、本部の捜査共助課にある「見当たり捜査班」にいた。見当たり捜査というのは、指名手配犯など人相がわかっている被疑者の顔を覚え、駅などの人混みに立ち、それを発見する捜査だ。

「機捜は今でもかなりの成果を挙げている。だが、工夫することで、さらに有効な運用ができるのではないかという話が出ている。現在、未解決事件の検挙率を上げることが重要なテーマだ。機捜の機動力に、シマさんの眼が加わることで、指名手配犯などの検挙率が上がることが期待できるわけだ」

俺たちは、テストケースというわけか……。

そんなことを思ったが、もちろん口には出さなかった。

警察官は、上が決めたことに逆らうことはできない。もちろん上司に相談することはできる。だが、その思いがどのくらい上まで届くかは疑問なのだ。

「了解しました」

俺は、そうこたえるしかなかった。

席に戻ると、縞長が俺に訊《き》いた。

「班長の話、何だったんですか？」

「何でもありません」

「そうですか……。あ、余計なことを訊いてしまいましたか……」

申し訳なさそうな顔をする。かえって、こちらが申し訳ないような気持ちになってしまった。

「相棒だった梅原が、ようやく戻ってくるということです」

「そうですか……。では、私はお役御免《ごめん》でしょうか……」

「いや、そうではなく、梅原には新任の若いのが付くらしいです」

「ほう……」

「あの……、縞長さん……」

「何です？」

「やはり、自分に『ですます調』で話すの、やめませんか？」

「しかし、あなたはここでは先輩ですから……。私は、あまり機捜の経験がありませんから、あなたからいろいろ教えていただかなければなりませんし……」

これが皮肉なら、かえってやりやすいのにな……。俺はそんなことを思っていた。

「でも、大先輩なのに、やりにくいですよ」

「気にしないでください。それと、みんな私のことを『シマさん』と呼ぶので、あなたもそう呼んではいかがですか？」

「はあ……」

臨時のパートナーだと思っていたが、思いのほか付き合いが長くなるかもしれない。だったら、早いうちにそう呼びはじめたほうがいいかもしれない。

「じゃあ、シマさん。報告書を書き終わったら、今日は引きあげることにしましょうか？」

「了解しました」


翌日、分駐所に行くと、梅原が出勤していた。俺はさっそく声をかけた。

「おい、ずいぶん長いこと休んでいたじゃないか」

「看護師に囲まれて、天国のようだったよ」

「整形外科の看護師は男ばかりだって聞いたぞ。そういう趣味だったのか？」

「ばか言うな。若い女性の看護師にモテモテだったんだ」

「松葉杖でも使っているかと思っていたぞ」

「リハビリも順調でな。あとは、通院しながら続ければいい」

そこに、縞長がやってきた。

「ああ、紹介しよう。おまえが休んでいる間に、235に同乗している縞長さんだ。みんな、シマさんと呼んでいる」

梅原は、ちょっと驚いたように縞長を見てから、頭を下げた。機捜に縞長のような年輩の隊員が配属になっていたことに驚いたのだろう。無理もない。

「梅原です。よろしくお願いします」

縞長は、梅原よりも丁寧《ていねい》に礼をする。

「こちらこそ、よろしくお願いします」

その態度に、梅原はさらに驚いた様子だった。

「ちょっと……」

梅原は俺を部屋の隅に引っぱって行き、そっと言った。「機捜にあんなロートルが来るなんて、どういうことだ？　あれで役に立つのか？」

最初に縞長を見たとき、俺も同じようなことを考えた。だが、不思議なことに、梅原にそう言われたとき、俺は不愉快な気分になっていた。

「人は見かけじゃわからないんだよ」

「いずれ、またいっしょに235に乗れるはずだ。それまでの我慢だぞ」

「別に我慢しなけりゃならないことなんてないさ」

「無理するな」

「それに、おまえには、新人の相棒ができるということだぞ」

梅原は、ぽかんと口をあけてしばらく俺を見ていた。俺は、なんだかいたたまれなくなり、梅原の肩を軽く叩いてから、その場を去った。


公休の翌日は日勤で、八時二十分頃に分駐所に出勤すると、徳田班長が、新任の隊員をみんなに紹介した。

井川栄太郎《いがわえいたろう》、二十七歳、巡査。

梅原が小声で、俺に言った。

「二十七歳とは若いな……」

「おまえが教育係だ。しっかりやれ」

徳田班長の話が続いていた。

「井川は、新宿署の地域課から転属になった。みんなよろしく頼む」

俺は、それを聞いて梅原に、そっと言った。

「刑事の卵だ。苦労するぞ」

梅原は、ふんと鼻で笑った。

機捜は実動部隊だ。即実戦が求められる。だから、所轄の刑事課からやってくるのが普通だった。

　だが、最近は時折、井川のように機捜で初めて刑事を経験する者もいる。

　井川は、刑事を強く志望し、なおかつ地域課で大きな実績を挙げたに違いない。でなければ、刑事になれるはずがない。

　徳田班長が梅原に言った。

「密行に出られるようになったら、井川と二人で機捜車に乗ってくれ」

　梅原はこたえた。

「すぐにでも出られます」

「無理をしてまた病院に逆戻りされると困る」

「いえ、本当にだいじょうぶです」

「それでは、正式におまえたちの車両がやってくるまで、俺たちが乗っていた231に乗ってくれ」

　機捜231も、俺たちが乗っているのと同様に日産スカイラインだ。どちらもシルバーの車両だ。

　梅原はこたえた。

「了解しました」

　井川は、頬を紅潮させている。

俺は縞長に言った。

「では、自分らもでかけましょうか」

「はい」

縞長は、背広を着ている。機捜隊員は、ポロシャツにベストといった、ラフな恰好が多い。持ち歩く物が多いので、釣り用のベストを愛用している者が目立つ。

ウエストポーチの愛用者も多い。中に拳銃や三段式警棒などを入れて腰に装着するのだ。

それに対して、縞長は拳銃をベルトにつけたホルスターに入れていた。見た目は、機捜隊員というより、やはりベテランの刑事だ。

いつしか、俺も影響されてスーツを着るようになっていた。スーツは、ポケットが多く意外と便利なのだ。

拳銃や手錠のケース、三段式警棒をベルトに着けても、上着を着てしまえばそれらを隠すことができる。なるほど、刑事が背広を着るのは合理的なのだと、俺は改めて思った。

機捜235のハンドルは、いつも俺が握る。年上の捜査員に運転をさせて、若い者が助手席にいるのでは所轄の連中などに何を言われるかわからない。

「梅原さんと組んでらしたのですね？」

助手席から縞長が話しかけて来た。

「だから、敬語はやめましょうよ」

「本当は、私なんかじゃなくて、やはり梅原さんと組みたいのでしょうね」

どうこたえるべきか、しばらく考えた。結局、俺は思ったとおりのことを伝えるべきだと思った。

「あいつとは、長いことコンビを組んできたんです。同期ですしね。何も言わなくてもお互いに考えていることがわかる……。そんな感じでした」

縞長がうなずくのを視界の隅で見た。

「わかります。私にもそういう同僚がおりましたから……」

おそらくその多くは、すでに出世しているのだろう。五十七歳といえば、出世頭ならば、警視か警視正になっている。

それはノンキャリアの場合で、キャリアなら、もう警視長や警視監だろう。

「でも、自分は縞長さん……、シマさんと組むことが不満なわけじゃないんです。自分らには、新たな使命があるようですからね」

「新たな使命ですか？」

「未解決事件の検挙率を上げるという使命です」

「なるほど」

縞長が言った。「ならば、後ろのタクシーを停めて、客に職質をかけてみましょうか」

「え……？」

「見覚えがあるような気がするんです」

2

縞長に言われたとおり、サイレンと拡声器でタクシーを停め、車を降りて近づくと、運転手がうんざりした表情で言った。

「何ですか？　何も違反はしてませんよ」

「すいません。ちょっとお客さんにお話をうかがいたくて……」

後部座席にいるのは、四十代後半から五十代はじめと思われる男だった。身なりはきちんとしているものの、ひどく痩《や》せていて、眼が血走っている。

緊張しているのが一目でわかった。

その男がいきなり後部ドアを開けて逃走しようとした。

俺は、運転手側に立っていた。うかつだった。男が降りたドアとは逆側だ。

男は歩道と車道の間にあるガードレールを乗り越えようとしている。その背後に縞長が飛びついた。

後ろ襟を捕まえて引き倒し、そのままくるりと反転させて右腕を背中に回し、手錠を打った。さらに、左手にも手錠をかける。

俺はそのときようやくその場に駆けつけた。

縞長と二人で男を引き立て、機捜車の後部座席に押し込んだ。

タクシーの運転手が、何事かという顔で、立ち尽くしている。

実は俺も事情がよくわからなかった。男を縞長に任せて、タクシーの運転手に近づき、言った。

「ええと、タクシー料金を請求なさりたいですか？」

「警察に、ですか？」

「いえ、あのお客にです。お望みならここまでの料金を払わせますが……」

タクシーの運転手は、しかめ面《つら》になって言った。

「初乗り料金なんで、いいですよ。それより、何事なんです？」

「それをこれから調べるんです。ご協力ありがとうございました」

俺は、運転手の返事を聞かぬうちに、機捜車に戻った。

後部座席にいる縞長に尋ねた。

「いったい、どういうことです？」

「間山《まやま》毅《たけし》、五十一歳。池袋署管内で起きた連続強盗事件の指名手配犯です」

俺はびっくりした。

「いつ気がついたんですか？」

「さきほど、間山がタクシーを拾うために交差点のそばに立っていました。そのとき、気づきました」

感心を通り越して、あきれてしまいそうだ。

見当たり捜査班というのは、たいしたものだ。そんなことを思いながら、俺は車を渋谷署に向けた。

取りあえず、間山毅の身柄を強行犯係にあずけた。おそらく、池袋署で継続捜査をしているはずだから、身柄を池袋署に移送することになるだろう。

そういうことは、強行犯係にやってもらう。

機捜は、被疑者の身柄確保後の取り調べや手続きには関わらない。重要事件の初動捜査には関与するが、捜査本部に参加することはない。

端緒だけつまんで、あとは知らんぷり、という批判もあるが、それが役割なのだから仕方がない。

機捜は場数を踏むことに意味がある。そうして経験を積んだ捜査員の中から、優秀な者が捜査一課に引っぱられるというわけだ。

俺と縞長は、再び機捜235に乗り、街に出た。

大通りを流しながら、俺は縞長に言った。

「見当たり捜査の担当者を増員すれば、継続捜査や未解決事件の検挙率は、格段に上がるんじゃないでしょうか」

「どうでしょうね」

「だってそうでしょう。シマさんが、この機捜235に乗り込んでから、指名手配犯を何人捕まえたことか……」

それは当然、俺の手柄にもなる。

我ながらいやらしい言い方だが、梅原と勢いに任せて飛び回っていた頃より、ずっと効率がいい。

縞長がぽつりと言った。

「育てようとして育つもんじゃないんですよ」

「え……」

俺は、運転しながらも、思わず縞長の横顔を見ていた。

「訓練だけでは、見当たり捜査はできません」

「じゃあ、どうしてシマさんにはできるのですか？」

しばらく返答がない。何を考えているのだろう。そう思って、また表情をうかがおうとしたとき、縞長が言った。

「私は、背水の陣でしたからねえ……。必死だったんですよ」

「背水の陣……？」

「ええ」

「それは、どういうことですか？」

また返事がない。俺は慌てて言った。

「あ、おこたえになりたくなかったら、けっこうです」

「いや、そうじゃなく、どういうふうにお話ししようかと考えていたんです。ごらんのとおり、私はぱっとしない刑事です」

たしかに、見た目はぱっとしない。五十七歳で巡査部長というのも、正直、どうかと思う。

「いや、シマさんの能力はたいしたもんじゃないですか。変装してようが、髪型が変わろうが、ひげが生えていようが、体型が変わろうが、見破ってしまうわけでしょう。しかも、群集の中から、一瞬で被疑者を見つけてしまうんですから……」

「人間、必死になれば、たいていのことはできます。そして、背水の陣を敷けば、たいてい必死になるものです」

「はあ……」

「自分は、お払い箱寸前だったんですよ」

「お払い箱……？」

「刑事を目指して警察官になりました。でも、なんというか、他人を押しのけるようなことが好きではなく、所轄の地域課を転々として、ようやく刑事になれたのが、四十歳を過ぎてからでした。刑事になってからも、目立つ活躍もなく、ある所轄の係長に言われました。このままだと、どこか遠くの派出所に行ってもらうぞ、と……」

　なるほど、この人は見かけどおりだめな刑事だったわけか……。

　俺は心の中でそんなことを思っていた。

「シマさんを奮起させようとして、そんなことを言ったんじゃないんですか？　所轄の係長が人事を決めるわけじゃないし……」

「そうかもしれませんが、私は追い詰められた気分でしたよ。刑事としての自分には、もう未来はないんだと……。それが、五十歳の頃のことです」

「それから人生が変わったわけですね？」

「本当に運がよかったとしか言えません。捜査共助課で、見当たり捜査班の班長をやっていた人が、私のことを覚えていてくれて、引っぱってくれたんです。私は、人相を覚えるのが得意だったのです」

「それで、見当たり捜査班に……」

「ここで成果を挙げないと、もう私にはあとがないと思いました。まさに、背水の陣です。私は、必死になって指名手配犯の写真と毎日睨めっこしました。そして、真夏の酷暑の中でも、真冬の極寒のときも、駅や街角に立ち続けたんです」

「その結果、今のシマさんがあるわけですね」

「おかげで、こうして車に乗りながら、見当たり捜査をすることができます。楽をさせてもらっています」

「自分は、苦労話を聞くと、どうも気が滅入《めい》ってきて、真剣に聞く気にはなれないんですがね……」

「すいません。以後、気をつけます」

「シマさんの話は納得しますよ。実績が伴っていますからね」

縞長は何もこたえなかった。

そろそろ分駐所に戻ろうかと思っているところに、無線が入った。

「機捜235、および機捜231。こちら渋谷分駐所」

徳田班長の声だ。すぐに梅原の応答があった。

「渋谷分駐所、こちら機捜231。どうぞ」

縞長もこたえた。

「こちら、機捜235、感度あります。どうぞ」

「機捜231ならびに機捜235は、ただちに帰投されたし。繰り返す、機捜231、ならびに機捜235は……」

無線でどこかに向かうように指示されることは珍しくない。だが、すぐに帰って来いというのは、あまりあることではない。

特別な指示があるはずだ。

今日は日勤で、明日が夜勤だ。できれば、このまま帰りたい。だが、もしかしたらそれが許されないかもしれない。

まあ、それが警察官というものだ。


「明日の夜明けとともに、ガサをかける」

渋谷署強行犯係の係長が言った。石田稔《いしだみのる》という名の、四十五歳の警部補だ。身長はそれほど高くはないが、肩幅が広く、がっちりとした体格をしている。

俺と縞長、梅原、井川の四人の機捜隊員は、強行犯係で話を聞いていた。周囲には、強行犯係員たちがいる。

明日の夜明けと同時に捜索差押許可状を執行するということだ。

石田係長の説明が続く。

「ガサの目的は、殺人の容疑で指名手配されている安斉隆次《あんざいりゅうじ》の身柄確保だ。ようやく潜伏先を突きとめたんだ。万が一にも取り逃がすことのないようにな」

係員たちの間から「了解」の声が上がる。

強行犯係だけでは手が足りないということで、機捜の四人が助《すけ》っ人《と》として駆り出されたのだ。

この打ち合わせのために、徳田班長は機捜231と機捜235に帰投を命じたのだ。

「朝の五時に、渋谷署集合です」

俺は縞長に言った。「きついですね……」

縞長は平然とこたえた。

「三十五年近く警察官をやっていると、驚きませんね」

そこに梅原がやってきた。

「俺たちは、当番明けでそのまま参加することになる」

「それもきついな……」

「なに、いっそ、そのほうが楽だよ。俺の相棒はやる気まんまんだしな」

俺は、井川のほうを見た。梅原が言うとおり、彼は顔を紅潮させ気分が高ぶっている様子だ。

俺は梅原に言った。

「あまり入れ込まないように言っておけ。やる気が空回りして、思わぬ失敗をするぞ」

「俺がついている限り、失敗などさせない」

「おまえ、脚はだいじょうぶなのか？」

「なに、ちょうどいいリハビリだ。井川が俺の脚の代わりをやってくれるだろう」

「また、骨折したりするなよ」

梅原は、にやりと笑った。彼は自信家だ。だが、それは悪いことではないと、俺は思う。警察官には、決断力が必要だ。自信がないと物事を即座に決定することができない。

梅原と井川は、そのまま夜勤に就《つ》き、俺と縞長はいったん帰宅することにした。そういえば、縞長がどこに住んでいて、どんな家族構成なのか、まだ聞いたことがなかった。車の中ではずっといっしょなのに、意外と個人的な話をしない。今度、機会があったら、尋ねてみようと思った。

翌日、午前五時、渋谷署強行犯係に集合。俺たちは、車両に分乗して、当該の建物に向かった。

渋谷区猿楽町《さるがくちょう》十四にあるアパートの一室だ。部屋番号は、二〇三。二階の一番東側の部屋だ。

借り主は、被疑者である安斉隆次の知人の女性だ。安斉は、その部屋に二ヵ月ほど前に転がり込んだようだ。

捜査員たちが、逃走に備えて、アパートの周囲を固めている。俺は、アパートの東側の角にいた。縞長は部屋の真裏、ベランダの下だ。

強行犯係の石田係長から配置を聞かされたとき、縞長と俺が交代したほうがいいのではないかと思った。

もし、犯人が逃走するとしたら、ベランダから飛び降りてくる可能性が最も高い。縞長よりも俺のほうが、若くて体力もある。

だが、それを言い出す暇もなく、配置につかされてしまった。

嫌な予感がした。何かやり残したり、やり忘れているように感じるときは、必ずそれが影響して、悪い結果になる。

本日の東京の日の出の時刻は、午前六時十四分五十九秒。その時刻に、令状を持った捜査員たちがドアをノックし、家宅捜索を実施する。

場合によっては、あらかじめ入手しておいた部屋の鍵を使って、踏み込む。

日本の警察は、アメリカの警察ドラマのようにドアを蹴破ったりはしない。

捜査員全員が、あらかじめ時計を合わせていた。俺は、腕時計をじっと見つめていた。

六時十五分に、受令機から無線の声が流れた。

「六時十五分、捜索差押許可状を執行」

捜査員たちが部屋を訪ねたのだ。緊張の瞬間だ。おそらく、今頃、部屋の借り主である女性と捜査員がやり取りをしているはずだ。

じきに部屋に踏み込み、うまくすれば、被疑者確保だ。そうすれば、分駐所に引きあげ、俺たちは、何事もなかったかのように、機捜235で密行を始めるのだ。

だが、そうは問屋が卸してくれなかった。

受令機から石田係長の声が流れてくる。

「マル被、逃走。マル被、逃走。ベランダから逃げた」

俺は、アパートの角から飛び出して、ベランダのほうに向かおうとした。ベランダの下には芝生があり、そこに縞長がいた。

被疑者と思われる男が、飛び降りてきた。

縞長がその男につかみかかるのが見えた。

逃がすなよ。

俺は、心の中でそう言いながら走った。他の捜査員たちが駆けつけてくるのが見える。

縞長が尻餅《しりもち》をついた。被疑者が、その脇を通り過ぎていく。

俺は、なんとかその男に追いつこうとした。自分の動きがスローモーションのように感じられてもどかしかった。

受令機から、石田係長の声が聞こえてくる。

「マル被、逃走。マル被が旧山手通り《やまてどお》り方面に逃走。確保しろ」

捜査員たちが、被疑者を追って駆けていく。当然、俺もそうすべきだと思った。機捜隊員が被疑者を取り逃がしたとなると、強行犯係から、後で何を言われるかわからない。

ふと、振り返ると、縞長が立ち尽くしている。

俺は、思わず舌打ちしていた。

ベランダから飛び降りた被疑者を取り逃がしたのは縞長だ。自分のヘマに呆然《ぼうぜん》としているのだろう。

機捜隊員には、このように体力と俊敏性が要求されることがある。五十七歳の縞長には、やはり機捜隊員は無理なのではないか……。

俺はそんなことを思っていた。

そして、相棒がヘマをやったことが悔しかった。

俺の口調は当然ながらきつくなっていた。

「そんなところに突っ立っていたって、どうしようもないでしょう。マル被を追いますよ」

縞長が俺の顔を見て言った。

「あいつは、違う」

俺は、まだ腹を立てていた。

「違うって、どういうことです？」

「あいつは、安斉隆次じゃなかったんです」

「逃げられたから、そんな言い訳をしているんじゃないでしょうね？」

「私は、あいつの顔を見ました。別人でしたよ」

俺は、戸惑った。

「え、別人って……」

「私の眼を信じてください」

「じゃあ、安斉隆次は……」

「おそらく、まだアパートに潜《ひそ》んでいます。捜査員が手薄になったところで、逃走するつもりでしょう」

俺は、思い出した。アパートの前にバイクが駐《と》めてあったのだ。

俺は言った。

「バイクで逃走するつもりかもしれません」

縞長が言った。

「部屋に行きましょう。まだ間に合います」

アパートの正面に行くと、そこに梅原が立っていた。

俺は尋ねた。

「どうしたんだ？」

「まだ、走れないんだよ。追跡は井川に任せた。おまえこそ、どうした？」

「陽動作戦かもしれない」

「陽動作戦？　逃走したやつのことか？」

「シマさんが、顔を見た。別人だったそうだ」

梅原が怪訝《けげん》な顔をした。

「顔を見た……？　そんなに接近したのか？」

「つかみかかって、尻餅をついた」

梅原は、あきれたような顔で縞長を見た。

「何だって？　じゃあ、被疑者を逃がした張本人ということか？」

「だから、そいつは安斉隆次じゃなかったんだ」

「だって、顔を見たのは一瞬だったんだろう」

「シマさんには、一瞬で充分なんだよ」

そのとき、梅原が持っていた無線から声が聞こえてきた。

「マル被、確保。繰り返す、マル被の身柄確保」

梅原が言った。

「ほらみろ。マル被確保だってよ。おまえの相棒の間違いだったんじゃないのか？」

俺は言った。

「まだ、本人かどうか確認していないはずだ」

案の定、すぐに無線から同じ声が流れてきた。

「訂正、訂正。確保した人物は、マル被とは別人。繰り返す、確保した人物は……」

そのとき、縞長が言った。

「高丸さん、あれ……」

彼が指さしたのは、アパートの前に駐めてあるバイクだった。そこに近づく人物がいた。

俺は、梅原に言った。

「おまえは、ここでやつの退路を断ってくれ。俺たちが人相を確認してくる」

俺は縞長と二人で、その人物に歩み寄った。男が俺たちのほうを見た。

縞長が言う。

「間違いありません。安斉隆次です」

安斉隆次は、顎《あご》と頬《ほお》にひげを蓄えており、手配写真とは人相がすっかり変わっていた。

それでも、俺は縞長の言葉を疑わなかった。

俺は、さらに近づき、言った。

「安斉隆次だな」

それまで、じっとしていた安斉は、いきなり俺を突き飛ばして逃走しようとした。彼は、梅原がいる方向に進もうとしていた。

梅原の脚はまだ本調子ではない。安斉に逃げられてしまうかもしれない。

俺がそう思ったとき、縞長が安斉の衣類をつかんでいた。

だめだ。縞長では、先ほどの二の舞になりかねない。

俺がそう思ったとき、安斉の体が空中にくるりと弧を描いた。

何が起きたのかわからなかった。俺は一瞬唖然《あぜん》としていた。

縞長が、安斉をうつぶせにして取り押さえていた。

「高丸さん、手錠」

そう言われて、俺は手錠を取り出し、安斉の両手にかけた。

受令機のイヤホンから石田係長の声が聞こえてきた。

「至急、至急。全員、アパートに戻れ。最初の配置に戻るんだ」

確保した男が囮《おとり》だったことに気づいて、捜査員を戻したのだ。

梅原が近づいてきたので、俺は彼に言った。

「その無線機で、マル被の身柄を確保したと伝えてくれ」

梅原は、かすかに笑みを浮かべて言った。

「おまえの相棒は、なかなかやるじゃないか……」

そして、彼は無線機のトークボタンを押した。

報告の声を聞きながら、俺はまぶしい早朝の日の光を眺《なが》めていた。

「ガサでマル被を取り逃がすなんて、機捜は何をやってるんだと、怒鳴りつけてやろうと思っていた」

強行犯係の石田係長が、俺たち四人の機捜隊員を前にして言った。「だが、陽動作戦に引っかからず、本物のマル被を確保するとはな……。機捜を見直したよ」

最初にベランダから逃走したのは、安斉隆次の弟分の男で、潜伏していた部屋に普段から出入りしていた。警察の動きを察知した安斉が、陽動作戦に利用したのだった。

俺たちは、ガサ入れの助っ人の任を解かれて、いつもの仕事に戻った。

日勤の翌日で、俺たちは夜勤の日だ。仮眠を取ってから、機捜２３５に乗り密行の任務に就いた。

ハンドルを握る俺は、助手席の縞長に言った。

「被疑者を取り逃がしたと思ったときは、怒鳴りつけたい気分でしたよ」

「たしかに私のヘマでした。あそこでちゃんと身柄を確保しておけば、捜査員たちがアパートを離れることもなかったんです」

「まあ、結果オーライじゃないですか」

「警察というのは、それが許されないことがあります。失敗は失敗として認めなければなりません」

俺は肩をすくめてから言った。

「それにしても、本物の被疑者を確保するときは、見事に投げ飛ばして制圧したじゃないですか」

縞長は、恥ずかしそうに言った。

「柔道は三段ですし、合気道は五段なんです」

警察なので、柔道三段は珍しくはないが、合気道五段というのは、ちょっとしたものだ。

「へえ……」

そう言えば、タクシーから逃走しようとした間山毅を制圧したときもなかなかの手際だった。あのときに気づくべきだった。

縞長は、まだまだ得体の知れないところがある。

「まさか……」

俺は尋ねた。「手柄を立てるために、わざと偽物を逃がしたんじゃないでしょうね」

縞長は、慌てた様子でこたえた。

「まさか、そんなはずはないでしょう」

どうだろう。俺は、思った。

安斉を制圧したときと、偽物につかみかかって尻餅をついたときとは、まるで別人の動きのようだった。

まあいい。どうせ本当のことは言わないだろう。

縞長との仕事は、これからますます面白くなりそうだと、俺は思っていた。

眼力

1

渋谷は、一日中混み合っているが、夜になると、いっそう人出が増してくる。

俺は、車の中からぼんやりと、ハチ公前のスクランブル交差点を行き交う人々の群れを眺めていた。

車といっても、自家用車ではない。地味なシルバーのスカイライン250GTで、外から見ると自家用車と変わりないが、磁石式の赤色回転灯やサイレンアンプを装備しているし、無線も付いている。

カーナビは特別製で、一一〇番通報の情報が表示されるようになっている。

ナンバーなどを照会するための端末もついていて、おかげで助手席は狭くて居心地が悪い。

その窮屈な助手席も、まったく意に介さない様子で、車窓から周囲を見回しているのは、相棒の縞長省一だ。

地味な背広に白髪頭で、見た目は冴《さ》えない。いや、見た目どおり長い間冴えない警察官人生を送ってきたらしい。

俺は、縞長と組まされることになった当初は、かなりうろたえた。

この交差点を通過するのは、何度目だろう。俺たちがカバーするエリアは、第三方面、つまり渋谷区、世田谷区東部、目黒区だが、車で流していると、つい渋谷のあたりにやってきてしまう。

人が多いところには犯罪も多い。特に若者が集まる渋谷には犯罪が満ちている。

「渋谷は、やっぱりかわいい子が多いなあ……」

俺は、ぽつりとつぶやいた。

縞長が言った。

「そういうのが気になる年頃なんでしょうね」

「年は関係ないんじゃないですか」

「そうですかね」

「ねえ、自分に丁寧な口調でしゃべることはないと言ってるでしょう」

「あなたも、私にですます調で話していますよ」

「そりゃ、シマさんは、自分よりずっと年上ですから……」

「でも、機捜ではあなたのほうが先輩です」

「そういう問題じゃないでしょう」

「そうですね……」

縞長は、ふと考え込むような素振りをしてから言った。「あなたが、私のことを、本当に相棒だと認めてくれたとき、自然に互いにタメ口になるんじゃないでしょうか」

その言葉に、俺は驚いた。

そう言えば、俺は縞長の私生活についてほとんど知らない。どこに住んでいるかすら知らないのだ。

何か言おうとしたが、何を言っていいのかわからなかった。そのとき、無線が流れた。

「通信指令センターから各局。通信指令センターから各局……」

渋谷署管内で、若い女性の遺体が発見されたという知らせだった。現場は渋谷区広尾《ひろお》二丁目。建築中のマンションで発見されたという。

縞長が無線のマイクに手を伸ばす。

「通信指令センター。こちら機捜235。現場に向かいます」

「機捜235。こちら通信指令センター、了解」

無線マイクをフックにかけると、縞長が俺に言った。

「赤色灯を出します」

「車を停めますか？」

「そういう決まりだけど、そうする人はあまりいないのでしょう？」

縞長は、サイドウインドウを開けてマグネット式の赤色回転灯をルーフに装着した。そして、サイレンを鳴らす。

周囲の車の運転手のぎょっとした顔が見える。俺はかすかにほほえんだ。この瞬間はささやかな楽しみだ。

現場にはすでに、近くの交番の地域係員がやってきていた。他の機捜車も次々に到着した。その中に機捜231がいた。

かつて俺のパートナーだった梅原健太の車だ。梅原は、今は新人の井川栄太郎と組んでいる。

梅原が機捜車から降りてきて、縞長に会釈《えしゃく》した。やはりずいぶんと年上ということで気をつかっているようだ。

それから、俺に声をかけてきた。

「分駐所で内勤をやっていたらこの無線だよ」

「残業か？」

「ああ、書類が溜まっているんでな。おまえは当番だよな？」

「そう」

「どれ、ホトケさんを拝みに行くか」

長年いっしょに機捜235に乗っていたので、気心が知れている。つい、現場などで顔を合わせると梅原と話をしてしまう。

俺は、少しだけ縞長のことを気にした。もしかしたら、彼は、こういうところを見て、まだ本当の相棒になれていないと感じているのかもしれない。

建築現場のコンクリート打ちっ放しの床に、遺体があった。まだ二十代だろう。髪を栗色に染めている。

うつぶせに倒れている。着衣が乱れていた。ジーパンが放り投げてあった。白いシャツブラウスを着ているが、それが何ヵ所も破れている。

遺体を仔細《しさい》に観察するのは、鑑識や検視官の役目だ。俺たちは、まず現場の保存が役割だ。

だから、あまり遺体に近づくことはない。証拠品を損《そこ》なわないように、現場を封鎖する。

俺は、ふと縞長が立ち尽くしてじっと遺体を見ているのに気づいた。

「何です？　遺体が珍しいわけでもないでしょう」

「何か、手口に特徴はないかと思いましてね」

「特徴……？」

「こうした事件は、連続性を疑わないと……」

俺はかぶりを振った。

「それは、所轄の強行犯係や捜査一課の刑事が考えることで、俺たちの役目じゃないんです。さあ、現場を封鎖して、目撃情報がないか、付近で聞き込みです」

縞長が驚いたような顔で言った。

「誰の役割か、なんて、誰が決めたんです？　私たちは常に総合的に捜査をすべきでしょう」

「役割分担ですよ。機捜が余計なことを言うと、捜査員たちに怒鳴られますよ。やることをさっさとやれってね。さあ、行きますよ」

建築現場には、すでにマスコミの姿も見える。黄色のテープによる規制線が張られ、その外に地域係の警察官がいて、マスコミや野次馬をできるだけ遠ざけようとしている。

その前を通り抜けようとして、ふと俺は、縞長の奇妙な態度に気づいた。

彼は、規制線の中で立ち尽くし、ある方向をじっと眺めている。

「どうしました」

縞長は、同じ方向を見つめたままこたえる。

「いえね……。知っている顔を見たような気がしましてね……」

「お知り合いですか？」

「いや、そうじゃなくて……」

愚問だったと、すぐに気づいた。縞長が知っている顔、というときには特別な意味がある。

「指名手配犯ですか？」

「いや、そんな気がしただけです。さあ、聞き込みに行きましょう」

縞長が歩き出す。俺も歩き出した。


現場の近所の古い一軒家に住む、老婦人がこんな証言をした。

「なんか、最近、変な人がいるって、近所で噂《うわさ》になっていたんです」

「変な人……？」

「ええ、このあたりをうろついているようなんです」

縞長が尋ねる。

「人相は？」

老婦人が笑ってこたえる。

「知りませんよ。私が見たわけじゃないんだから……。噂ですよ」

俺はさらに尋ねた。

「その噂はいつ頃から……？」

「そうねえ。私が聞いたのは、ここ二、三日のことねえ」

何軒か当たるうちに、その不審人物についてのさらに詳しい情報が得られた。

やはり一軒家に住む中年主婦の証言だ。

「ああ、その人なら見かけたことがありますよ。ストーカーじゃないかしらね」

「ストーカー……？」

「たぶんね、あの角のマンションに住んでいるお嬢さんが狙《ねら》われていたんじゃないかと思うの。あのあたりをうろうろしてたって言うから」

縞長がさきほどと同じ質問をする。

「人相は？」

「人相ねえ……。ちらっと見かけただけですから、何とも……」

「年齢は何歳くらいでしたか？」

「そうねえ。すっかりオジサンね。五十代じゃないかしら」

「五十代……。服装は？」

「サラリーマン風でしたけどね……」

「サラリーマン風……。ということは、背広を着ていたということですか？」

「そう。私が見たときは、そうでしたね」

「髪型は？」

「きちんとしていましたよ」

「眼鏡はかけていましたか……？」

中年女性はしばらく考えてからこたえた。

「そうそう。してました」

「体型は？　太っていましたか？　痩せていましたか？」

「うーん。中肉中背かしらね」

「その他に何か特徴は……？」

「けっこう、いい男だったのよ」

「オジサンだと言いませんでしたか？」

「オジサンよ。でもけっこうすっきりとしていて、何と言ったらいいかしら……、銀座なんかでもてそうな……」

俺は思わず言っていた。

「それがストーカーですか……」

「別に不思議じゃないでしょう？」

俺は礼を言って質問を切り上げた。

縞長が言った。

「やはり、一戸建ての家からは地域の情報が得やすいですね」

「そうですね。集合住宅の住民は、地域のこととか、隣近所のことに無関心な傾向が強いですからね」

「角のマンション、行ってみますか？」

「いや、聞き込み情報は、このへんで充分でしょう？」

「え、マンションの住人がストーカーの対象だとしたら、もっと情報が取れるかもしれませんよ」

「あとは、所轄とか捜査一課の仕事です。おいしいところは、彼らに残しておかなけりゃね」

「はあ……」

「現場に戻りましょう」

現場周辺は、すっかり賑《にぎ》やかになっていた。パトカーや覆面車が増えていたし、鑑識のマイクロバスも来ている。回転灯の赤い光が建築中のマンションに映っていた。

所轄である渋谷署の強行犯係が鑑識の作業終了を待っている。

手持ち無沙汰の様子だった強行犯係の捜査員が、俺を見つけて言った。

「おい、じきに本部捜査一課が来る。機捜車は邪魔だ。端にどけておけ」

熊井猛《たけし》という名の巡査部長だ。ずんぐりとした体型をしている。捜査員の機捜に対する扱いなんて、こんなものだ。

「耳寄りな情報があるんだけどね」

「何だ？　もったいぶらないで言えよ」

「この近所で不審者の目撃情報がある」

「不審者だって……？」

「五十代。中肉中背、眼鏡をかけたサラリーマン風。向こうの角にあるマンションの住人を狙っていたという情報もある」

「裏は取ったのか？」

「それって、おたくらの仕事だろう」

「そのマンションの名前は？」

「まだ確認していない」

「なんだよ……」

熊井が舌打ちしたとき、縞長が言った。

熊井と俺は同時に縞長を見た。

縞長が言った。

「ヴィラ広尾」

「機捜車で通り過ぎたときに記憶したんです。間違いありません」

熊井は俺をちらりと見てから言った。

「ヴィラ広尾だな？　その他には？」

「あとはあんたらに残しておいてやったよ」

熊井は不機嫌そうな顔でうなずいた。強行犯係の連中は、たいてい似たような表情をしている。よほどストレスが溜まっているのだろう。

縞長が熊井に尋ねた。

「手口に何か特徴はありましたか？」

熊井がこたえる。

「見てわかりませんか？ 自分らは、鑑識の作業が終わるのを待っているんです。遺体の検分はこれからですよ」

熊井も、縞長には丁寧な言葉遣いだ。警察では、階級とともに年齢がものを言う。

「何か特徴があったら、教えてほしいんですが……」

「なら、俺たちといっしょに待つことですね」

縞長が俺に尋ねた。

「よろしいですか？」

「シマさん。それは機捜の仕事じゃありません。あとは所轄に任せればいいんです」

「どうも気になるんですよ」

縞長は、鑑識の様子をちらりと見た。「そろそろ作業も終わりそうですし……」

「わかりました。シマさんの気の済むようにしましょう」

縞長が言ったとおり、ほどなく鑑識から声がかかり、捜査員たちが現場に足を踏み入れた。

縞長が言った。

「私たちも行ってみましょう」

「だから、それは機捜の仕事じゃないって……」

「まあ、いいじゃないですか。そこにホトケさんがいるんですよ。拝まない手はないでしょう」

「若い女性の遺体が好きなわけじゃないですよね……」

「まさか……」

縞長が遺体に近づく。俺は仕方なくそのあとについていった。

捜査員たちが遺体の検分を始める。俺と縞長は、立ったままその様子を眺めていた。

鑑識係員が捜査員たちに言った。

「衣類の一部がどうしても見つからない」

熊井が鑑識係員に聞き返す。

「衣類の一部？」

「下着だ。パンティーだよ」

熊井が周囲を見回して言う。

「けっこう抵抗した様子がある。犯行現場はここと考えて間違いないな」

鑑識係員がうなずく。

「ああ、間違いない」

「衣類が見つからないということは、犯人が持ち去ったと考えていいな」

縞長が俺にそっと言った。

「トロフィーです」

「トロフィー？」

「記念品のことです」

捜査員の一人が言った。

「扼殺《やくさつ》だな。首に残った痕跡から手の大きさがわかるだろう」

別の捜査員が言う。

「性的な暴行を受けている。殺してから犯したのか、犯してから殺したのか……」

「たぶん……」

縞長が言った。「犯しながら殺したんでしょうね」

捜査員たちが、一斉に縞長のほうを見た。

熊井が縞長に言った。

「どうしてそんなことがわかる？」

「いえ、そんな気がしたものですから」

熊井が俺を見て言った。

「機捜の仕事は終わったんだろう？　さっさと消えたらどうだ」

縞長には言いにくいらしい。

俺は言った。

「そうだな。潮時だ。シマさん、行きましょう」

俺たちは、機捜235に戻り、またパトロールに出た。

2

翌日は明け番だ。すぐに帰って休みたかった。誰でもそう思うはずだ。日勤の班に引き継ぎを済ませ、俺は帰り支度を始めた。

だが、縞長は詰所《つめしょ》から動こうとしなかった。

「どうしたんです?」

俺は彼に尋ねた。「帰らないんですか?」

「昨日の件が気になりましてね……」

「昨日の件? ああ、若い女性が殺害された件ですね?」

「ええ」

「俺たちは、初動捜査をするだけです。後のことは気にすることはないんです」

「私は、なかなかそう割り切ることができないんですよ」

「機捜なんだから、割り切ることです」

「ちょっと、刑事課の様子を見てこようと思います」

俺は驚いた。

「せっかくの非番なんですよ。ゆっくり休んだらどうです？」

もう、年なんだしと言いかけたが、やめておいた。

「仮眠を取ったからだいじょうぶです。それに明日は公休ですし……」

「機捜が、捜査に首を突っ込むとろくなことはありませんよ」

「事件の端緒に触れるのは初動捜査を担当する機捜じゃないですか。私たちの意見は、おおいに参考になるはずです」

「役割分担ってものがあると言ったでしょう」

年上の縞長に言うことではないな。そう思いながらも、俺は言わずにはいられなかった。

「機捜は機捜の立場をわきまえないと……」

「わかっています。ちょっと様子を見てくるだけです。あなたには迷惑をかけませんから……」

俺は、つい溜め息をついてしまった。

「じゃあ、自分もいっしょに行きますよ」

縞長は驚いた表情で言った。

「その必要はありません。あなたは、別に興味をお持ちじゃないでしょう？」

「相棒ですからね。付き合いますよ。それに、縞長さんが暴走すると、後で自分にもとばっちりが来るかもしれません」

「そんな心配はないんですけどね……」

「とにかく、付き合います」

「すいません」

俺たちは、刑事課強行犯係に向かった。係には誰もいなかった。近くにいた別の係の者に尋ねた。

「強行犯係は？」

「講堂だよ」

「捜査本部ですか？」

「ああ。今朝から捜査一課の連中と詰めている」

俺は縞長を見て言った。

「……そういうわけです。帰りましょう」

「捜査本部に行ってみましょう」

「ちょっと待ってください。捜査本部は、部外者は立ち入り禁止ですよ」

「私たちは、部外者じゃないでしょう。初動捜査に関わったのですから……」

「いや、捜査員たちから見れば部外者だと思いますよ」

「本部の中に立ち入れなくても、誰かに話を聞くことはできるかもしれません」

普段は穏やかでひかえめな縞長だが、意外と頑固だということがわかった。これが本当の彼なのかもしれない。

俺は、仕方なく講堂に向かった。

案の定、捜査本部内には立ち入れる雰囲気ではなかった。刑事たちが、いくつもの島を作って、真剣に何事か話し合っている。殺気すら感じられる。

「自分はとても中に入る勇気はありません」

「誰か、話を聞けそうな人が出てくるのを待ちましょう」

廊下で待つことになった。

非番だというのに、俺はいったいこんなところで何をしているのだろう。そう思うと、なんだか情けなくなってきた。

三十分ほどすると、次々と捜査員たちが講堂から出て来た。情報の共有と班分けを終えて、聞き込みに出かけるのだ。

「何だ、おまえら。こんなところで何をしている」

声をかけられて、そちらを見た。熊井だった。

俺は言った。

「いや、捜査がどうなっているかと思ってね……」

「機捜が気にすることじゃないだろう」

「そりゃまあ、そうなんだが……」

そのとき、縞長が言った。

「容疑者は絞られたんですか？」

「そんなこと、おいそれとしゃべれない」

「私たちは、初動捜査を担当しました。捜査について聞く権利があると思います」

「あのね、機捜ってのはただの兵隊でしょう。最初だけちょこっと事件に触って、あとは所轄や本部にお任せってわけです。そんな連中に捜査の内容なんて話す必要はないでしょう」

やはり、熊井は縞長が相手だと話しづらそうだ。

縞長がさらに言った。

「どうしても気になるんです。教えてもらえませんか……」

熊井は、俺と縞長を交互に睨んでから言った。

「しょうがねえな……。まあ、あんたらの聞き込み情報がもとで、容疑者が浮かんだんだから、話してもいいか……」

俺は思わず聞き返した。

「自分たちの聞き込み情報……？」

熊井は、周囲を見回して言った。

「ちょっと、こっちに来い」

彼は、俺たちを出入り口から離れた場所に移動させてから言った。

「被害者は内田春香《うちだはるか》、二十六歳。ＯＬだ。あんたらが言った、ヴィラ広尾の住人に間違いなかった。不審者について調べたところ、たしかに内田春香を狙ったストーカーらしいということがわかった」

縞長が表情を曇らせた。

「それが容疑者ですか？」

「そういうことです。これから身柄を取りに行きます」

「逮捕ですか？」

「いや、任意同行ですよ。容疑が固まればそのまま逮捕します」

俺は尋ねた。

「その男は何者なんだ？」

「何でも、内田春香が勤めていた会社の社長らしい」

「えっ、社長がストーカー……」

「まあ、会社といってもごく小さな会社らしい。詳しい事情は、身柄を取って聞くことになる」

　縞長が言う。

「その結果も教えてもらえますか？」

　熊井が目を丸くする。

「なんで、俺がそんなことを報告しなけりゃならんのですか」

　縞長が深々と頭を下げた。

「お願いします。このとおりです」

　熊井は、とたんに毒気を抜かれたような顔になった。

「ちょっと、頭を上げてください。わかりましたよ。話を聞きたけりゃ、またここに来ればいい」

「ありがとうございます」

「じゃあ、俺は行くぞ」

　熊井は駆けて行った。

　俺は、縞長に尋ねた。

「どうしてあの事件がそんなに気になるんですか？　被害者と知り合いなわけじゃないでしょうね？」

「違います」

「じゃあ、なぜ……」

縞長は、何かを決意したように俺を見て言った。

「見ていただきたいものがあります」


詰所に戻った縞長は、自分の机からファイルを取り出した。それを開き、ぱらぱらとめくっていく。

一ページに一枚の顔写真がある。見当たり捜査用の資料だろう。縞長は、機捜に来る前は、警視庁本部の捜査共助課にある「見当たり捜査班」にいた。

指名手配犯を人混みの中から見つけ出すスペシャリストだ。

「これです」

縞長は、あるページを開いて俺に差し出した。

「平沢誠二《ひらさわせいじ》……？　指名手配犯ですか？」

「連続強姦殺人犯です」

「強姦殺人……？」

「これまで、都内で三人を殺害していまだ逃走中です」

「この指名手配犯が何か……」

「手口が似ています」

「今回の強姦殺人と……？」

「はい。こいつは、犯しながら首を絞めて殺害するんです。そして、必ずトロフィーを持ち帰ります」

「しかし……」

俺は、縞長の言うことについて慎重に考えながら言った。「手口が似ているというだけのことでしょう？」

「現場で、知っている顔を見た気がしたと言ったでしょう」

俺は、あっと思った。

「野次馬の中に、平沢がいたのですか？」

「一瞬のことなので、あのときは確信が持てませんでした」

「だから手口にこだわっていたのですね」

「おそらく、平沢に間違いないと思います」

「だったら、捜査本部にそのことを報告しないと……」

「でも、確証がありません」

「そんなことを言っているときじゃないでしょう。捜査本部に戻りましょう」

俺は、思い切って捜査本部に足を踏み入れた。縞長があとについてくる。

捜査員たちは出払っており、予備班のベテラン捜査員や管理官だけが残っていた。幸い、捜査一課長など偉いさんもいない。

ベテラン捜査員の一人が縞長を見て言った。

「あれ、シマさんじゃないの？」

胸に「S1S」のバッジがある。捜査一課の係員だ。

「原田《はらだ》さん、ご無沙汰しています」

俺は縞長に尋ねた。

「お知り合いですか？」

「所轄でいっしょだったことがあります」

原田と呼ばれた捜査一課の刑事が言った。

「今は、機捜にいるんだって？」

「ええ……」

「それで、何の用？」

「実は……」

縞長は、平沢誠二について説明した。話を聞き終えた原田は、小ばかにしたように言った。

「それで、その指名手配犯が容疑者だって言うのか？」

縞長がこたえた。

「その可能性は高いと思います」

「話にならんな。その男を現場付近で見かけたような気がするというだけのことだろう」

「まあ、そうですが……」

「今、被疑者の身柄を確保に行ってるんだ。雑音を入れないでくれ」

「いや、しかし……」

「機捜の来るところじゃないよ。出て行ってくれ」

原田の態度に、俺は腹を立てた。ひとこと言ってやろうと思って半歩前に出たところを、縞長に押さえられた。

縞長が言った。

「わかりました。出直すことにします」

彼が出口に向かったので、俺は慌ててあとを追った。

講堂を出ると、俺は縞長に言った。

「いや、あそこで引く手はないでしょう。せっかく来たのに……」

「こういうことは、根回しも必要なんだよ」

「根回しねえ……」

機捜では、あまり根回しなどということを考えたことはない。ぱっと現場に急行して、あとから来る者たちに引き継ぐ。それだけ考えていればいいと思っていた。

縞長が言った。

「さっきの渋谷署の強行犯係の人……」

「ああ、熊井さんですか？」

「もう一度彼に話をしてみましょう」

「ここで待つんですか？」

「頃合いを見て、出直しますか」

やれやれ、非番が吹っ飛んじまったな……。俺はそんなことを思いながらも、なぜかわくわくしている自分に気づいた。

遅い昼食を済ませて、また講堂の前に戻って来ると、ずいぶんと慌ただしかった。どうやら、被疑者の身柄を確保したようだ。

これから事情聴取だろう。

俺と縞長は、根気よく待った。機捜は、張り込みにも駆り出されるので、待つことには慣れている。

熊井が姿を見せたのは、夕刻だった。俺は、声をかけた。

「ちょっと、いいか？」

「何だ、またかよ……」

「約束だろう。どういうふうになっているのか、教えてくれよ」

「被疑者は、室田芳樹《むろたよしき》、五十六歳。ネット通販会社の社長だ。社員数は十名に満たない小さな会社だ」

「被害者のストーカーだったのは事実なのか？」

「そう。まあ、哀れなやつだよ」

「哀れ……？」

「そう。被害者の内田春香は、かつて水商売をしていたんだが、昼間の仕事に就きたいというので、室田が雇ったそうなんだ。まあ、下心もあったのかもしれない。そのうちに、内田春香が、室田に言った。知り合いの男性が仕事がなくて困っているので、何とかしてくれないか、と……。室田は、内田春香のためと思い、その男を社員にした」

「太っ腹だな」

「ところが、その男と内田春香は付き合っていたらしい。どうやら同棲もしていたようだ。それを知った室田は、年甲斐《としがい》もなく嫉妬に狂ってストーカー行為に及んだ」

同情していいのか、哀れんでいいのか、はたまた、笑い飛ばしていいのかわからなかった。ただ、室田本人にしてみれば、内田春香を殺してやりたいという気持ちにもなるだろう。

熊井が言った。

「動機は充分だし、現場付近での目撃情報もある。じきに落ちるだろう。一件落着だ」

「ところが……」

俺は言った。「その室田は犯人じゃないかもしれない」

熊井が眉をひそめる。

「何だって？　どういうことだ？」

俺が縞長を見ると、彼は指名手配犯の平沢誠二について、熊井に説明した。

熊井は鼻で笑った。

「そんな何の根拠もない話を信じろって言うんですか？」

縞長が言った。

「確かに現場で顔を見たんです」

「ちらっと見ただけでしょう？　そんなの当てにならないじゃないですか」

俺は、たまらず言った。

「縞長さんが見たと言ったら、それは間違いないんだよ」

「何でそんなことが言える」

「この人は、見当たり捜査班にいたんだ。眼力は確かだ」

熊井は一瞬、驚いたような顔で縞長を見た。

「見当たり捜査班……？」

「そうだ」

熊井は、目をそらして言った。

「まあ、話だけは承っておくよ」

彼は踵《きびす》を返して歩き去った。

俺は、縞長に言った。

「これからどうします？」

「帰りましょうか」

「諦《あきら》めるんですか？」

縞長がにっと笑った。

「やることはやりました」


翌々日、日勤で詰所にいた俺と縞長のところに、熊井がやってきた。

「おお、いたいた」

「驚いたな」

俺は言った。「そっちから訪ねてくるなんて、どういう風の吹き回しだ？」

「いやあ、あんたらの言ったとおりだったよ」

「どういうこと？」

「ＤＮＡ鑑定したらさ、室田はシロだっていう結果が出たわけだ。それで、捜査は振り出しに戻ったかって、みんな意気消沈したんだけど、俺が、平沢誠二の話をしたら、一気に雰囲気が盛り上がってね……」

「それで……？」

「あんたら、捜査一課の刑事にもその話をしただろう？　じゃあ、平沢を追ってみようってことになって、聞き込みのやり直しだ。目撃情報を元に足取りを追った。そして、ついに身柄確保できた。ついさっき、自供したよ」

「そいつはよかった。お手柄だったな」

「そう。あんたらのおかげだ。また、耳寄りな情報を頼むよ」

そう言い残して、熊井は去って行った。現金なやつだと、俺は思った。

縞長が言った。

「何にしても、よかったね」

「そうですね。それにしても、室田は踏んだり蹴ったりですね。惚《ほ》れた女に裏切られ、その挙げ句に、その女を殺害されてしまった……」

「人生いろいろなことがあるよ」

「まあ、そうですね」

「私は、あなたに礼を言いたいんだ」

「礼……？」

「私のことを信じて、後押ししてくれただろう」

「信じてますよ。実績がありますからね。あ……」

「どうした？」

「縞長さん、タメロ……」

縞長が笑った。

「あなたも、丁寧な言葉遣いは、もう必要ないんじゃないかね？」

お互いに信頼できる相棒になれたということだろうか。

俺は言った。

「じゃあ、そろそろパトロールに出る？」

「そうしよう」

俺たちは駐車場に向かった。

いつか、非番も関係なく事件に向かっていく縞長がどこに住んでいるのか、家族構成はどうなっているのか、など、プライベートなことも尋ねてみよう。

俺はそんなことを思いながら、機捜235のハンドルを握った。

不眠

1

「おまえらはいいよなあ……」

渋谷署強行犯係の熊井猛巡査部長が言った。「きっちり四交代の勤務だもんなあ。俺たちなんて、いざ事件が起きたら、それこそ不眠不休だぞ」

俺は、熊井のずんぐりした体格を眺めながら思った。

俺たち機動捜査隊だって楽をしているわけじゃない。不眠の張り込みに駆り出されることだってある。

だがまあ、普段は、熊井が言ったとおり、四交代の勤務だ。

交番と同じだ。これが、日勤の刑事より楽かどうか、議論が分かれるところだと思う。

まあ、隣りの芝生は青く見えると言う。他人よりも自分のほうがきついと思いたいのが人情だろう。

たしかに、所轄の刑事はきつい。常に複数の事案を抱えているし、突発事件もある。

刑事の勤務時間は、午前八時半から午後五時十五分までだが、その時間内で仕事が片づくわけではない。

ガサイレはたいてい夜明けと同時に行われる。捜索差押許可状は、特別の記載がない場合は、日の出から日の入りの間しか執行ができないからだ。

熊井がぼやきたくなる気持ちもわかる。

機捜に対するやっかみもあるかもしれない。俺たち機捜は、いちおう警視庁本部所属だ。別に所轄よりも本部が偉いわけではないが、やはり所轄の刑事は、本部の刑事部を目指している者が多い。

今日、俺と、相棒の縞長省一は、明け番だ。つまり昨夜は夜勤で今日は一日休みということだ。これから帰宅しようとしていると、熊井に声をかけられたのだ。

非番だっていつ呼び出しがあるかわからない。別に楽をしているわけじゃないんだぞ。

そう言ってやろうと思ったが、言うだけ無駄だということはわかっていた。

「まあ、体壊さない程度に頑張ってよ」

そう言うと、俺は熊井と別れて帰宅した。一人で待機寮暮らしだから、気楽と言えば気楽だが、一抹《いちまつ》の淋しさもある。

せっかくの休みだが、帰って寝るだけなのだ。

昨夜は仮眠の時間もあったが、ほとんど眠れず機捜車で担当地域を流していた。だから、とにかく帰って寝たいと思っていた。

散らかった部屋に帰り、テレビを点《つ》ける。午前中のワイドショーを見るともなしに見ながら、コンビニで買って来た弁当を食べた。これが朝食兼昼食だ。

午前中から缶ビールを飲むこともあるが、今日はその気分ではなかった。

明け番は、独特の解放感がある。たいていはウィークデイなので、世の中の人々が働いているときに休みだという、ちょっと後ろめたいような不思議な感覚を味わえる。

大切な非番だが、とにかく体を休めなければならないので、俺は遊ぶことよりも眠ることを優先している。

食事を済ませると、着替えてベッドに横たわった。そのままの状態で、テレビを眺める。どのチャンネルでもお笑いの連中が幅をきかせているなと、思う。

ワイドショーの司会もお笑いタレントだ。

座持ちがいいので使っているのだろう。生活情報番組ならいいが、ニュースを扱うワイドショーでもお笑いタレントを使っている。

それで報道の信頼性が失われないのだろうかと、俺はついよけいなことを考えてしまう。

こうしているうちに、睡魔がやってくる。そうなったら、リモコンでテレビを消して眠りに落ちる。

それがいつものパターンだった。

だが、なぜか今日は、眠気がやってこない。あれ、おかしいな、と思っていると、いつしかワイドショーも終了した。午後二時になろうとしている。

本来、ぐっすりと眠っているはずの時間だ。

四交代制には、地域課の交番勤務時代にすっかり慣れているはずだった。警察官はたいてい警察学校を卒業したら、所轄の地域課に配属されて、交番のお巡りさんを経験する。地域課は、若い警察官の修行の場にもってこいだからだ。交番は、警察のアンテナだ。あらゆる情報が飛び込んでくる。

道案内をすることで、地域のことを学び、酔っ払いの世話をすることで、忍耐力と機転を養える。

喧嘩《けんか》の仲裁や、暴行犯の検挙で度胸を鍛えることもできる。あらゆる犯罪の端緒に触れることで捜査感覚を養うこともできる。

そして、一般の企業や役所にはない交代制の勤務を経験することで、一人前の警察官になっていくのだ。

俺も、地域課に配属になったばかりの頃は、生活時間の激変に、体がついていかなかった。睡眠時間が不規則なので、いつも眠くてぼうっとしていた。

眠りが浅く、眠った気になれなかった。それで食欲もなくなり、一時的に痩せてしまった。

だが、三ヵ月もすれば、すっかり慣れてしまった。食欲が戻ると、今度は太りはじめ、柔道の朝稽古に参加して体を絞ったりもした。

そうやって警察官は、どんな不規則な時間にも自分を合わせられるように訓練していく。

俺も、たいていの場所でいつでも眠れる自信があった。

だから、こうして自分のベッドに横たわっているのに、眠くならないことが不思議だった。

「やっぱ、ビールでも飲むか……」

独《ひと》り言《ごと》をつぶやいてベッドから起き出した。冷蔵庫の中から缶ビールを取りだしてプルトップを引く。

一口飲むと、思わず吐息が漏《も》れた。

非番の日に昼間から飲むビールほどうまいものはないと、俺は思う。柔道、剣道、逮捕術などの術科《じゅつか》の稽古の後もうまいが、何と言うか解放感が違う。

テレビを見ながら、ゆっくりと飲んだ。別に急ぐことはない。

テレビでは、ドラマの再放送をやっていた。刑事ドラマだ。どうせ、実際の警察とはかけ離れたサスペンスだろうと思って眺めていると、けっこう本物の警察っぽいので驚いた。

さらに、ストーリーにも引き込まれ、ビール缶が空になってもテレビを見つづけた。ドラマの再放送が終わったのは、四時だった。

それでも眠くならない。

体は疲れている。神経も疲れている。だから、眠りたい。だが、ベッドに入っても眠れないのだ。

おかしいな……。

俺はそんなことを思いながら、テレビを消した。一時間でも二時間でも眠ろう。だが、いっこうに睡魔はやってこなかった。いや、眠いのだが、どうしても眠りに落ちることができない。

枕元にあった雑誌をめくりはじめた。最近は雑誌が売れないのだという。若者は情報をインターネットで得る。グラビアも雑誌よりネットのほうがずっと多彩で過激だ。ほしい情報やほしい画像がいつでも手に入る。そんな世の中になってしまった。わざわざ雑誌を買う必要などない。

それでも、俺はつい、コンビニで写真週刊誌などを買ってしまう。今開いているのも、その類《たぐい》の雑誌だ。

結局そんなことをしていて五時になってしまった。

さすがに、忍耐強い俺もいらいらしてきた。

いや、他人はどう思っているかわからないが、自分ではけっこう忍耐強いと思っているのだ。

どうせ、夜には眠れるだろう。時差ボケのようなもので、眠いのを夜まで我慢すれば、それだけ明日はすっきりと起きられるかもしれない。

それを期待して、とりあえず眠るのは諦めた。洗濯機に衣類を放り込んで回した。全自動なので、あとはすることもない。またテレビを眺めた。

夕方はニュース番組が多いので、比較的落ち着いてテレビが見られる。お笑い芸人だらけのワイドショーやバラエティーは、さすがに勘弁してほしいと思う。

だらだらと時間が過ぎて、時計を見ると午後七時だ。

帰宅してすぐに食事し、それからごろごろしていただけなので、それほど腹は減らないが、せめて食事だけでも規則正しくとるべきだと思った。

冷蔵庫の中にはろくなものが残っていないし、料理をするのも面倒なので、食事に出かけることにした。

……といっても、十分ほど歩いた商店街にある定食屋か中華料理店に入るだけだ。バリエーションはそれほど多くはない。

今日は定食屋にすることにした。カウンターだけの小さな店で、店主が料理をし、奥さんが給仕をする。

長いこと通っているので、すっかり顔馴染みだ。

「おや、高丸さん、どうしたの？　眼が赤いよ」

「そう？　明け番だからね」

「昨夜は夜勤だったってこと？」

「そう。午前中に帰って来たけど、なんだか眠れなくてね……」

おかみさんが言う。

「若いんだからさ、寝なくたって平気よね。仕事にも遊びにも全力投球ってやつよね」

「いや、遊びはほどほどですよ」

メンチカツ定食を注文した。ここのメンチカツはボリュームがある。かりっと揚がっており、中身は肉汁たっぷりだ。

俺のお気に入りのはずだが、一口食べて、おや、と思った。いつもほどうまく感じない。腹は減っているはずだ。

いつもなら飯をおかわりするのに、今日は一膳を平らげるのに苦労した。

あれ……。俺、熱でもあるのかな……。

そんなことを思いながら、待機寮に引きあげた。念のために、熱を計ってみる。

平熱よりもやや高めだ。だが、食事を終えたばかりだし、外を歩いてきたので、多少体温が上がっていることは充分に考えられる。

ということは、病的な原因による熱ではないということだ。

やはり疲れているのだろうか。そう思いながら、昇任試験のための勉強でもしようと思った。

こういうときでなければ、なかなか本を開く機会もない。勉強なんか始めたら、すぐに眠くなるだろうな。

俺は、そんなことを思っていた。

珍しいことに、本を読み進めても、いっこうに眠気がやってこない。

いつもこうならいいのにな。

俺は、一人で苦笑していた。

二時間ほど勉強をして、テレビを見て、また小一時間勉強をした。

そして、風呂に入り寝る準備を始めた。

明日は、日勤なので八時三十分までに渋谷分駐所に行かなければならない。

十二時を目処《めど》に寝ようと思っていた。

そして、結局十二時半にベッドに入った。

昨夜、少しだけ仮眠を取っただけで、帰宅してからもまったく眠っていない。すぐに眠れるだろうと思っていた。

どれくらい経ったろう。

いろいろなことを考えている自分に気づいた。昨日から今朝にかけて、機捜車に乗っていてあったことや考えたこと。

今朝、熊井に言われたこと。

相棒の縞長のこと。

そして、かつての相棒の梅原のこと。

とめどなく、思考が移行していく。

結果的に、三十分経っても眠りに落ちていない自分に気づいた。いつもなら、横になったとたんに眠っている。

いよいよこれはおかしい。

そう思いはじめた。

そう思ったとたんに、睡魔の気配が消し飛んだ。

どうして眠れないのだろう。

俺は蒲団《ふとん》にくるまって、そんなことを考えはじめた。そんなことを考えれば、余計に眠れなくなるのはわかっている。だが、考えずにはいられなかった。

原因がわからないので、すっきりしないのだ。

何度か寝返りを打った。時間だけが過ぎて行く。

蒲団をはぎ取り、起き上がりもした。だが、ベッドから離れる気にもなれず、再び蒲団をかぶった。

結局、明るくなってから少しうとうとできたが、すぐにスマートフォンの目覚ましが鳴った。

俺は、絶望的な気分で起床した。

2

日勤は、分駐所で内勤だ。溜まった書類を片づける日と、俺は決めていた。他にもやることはあるが、なんといっても、書類仕事や伝票整理は日勤のときにしかできない。

隣の席の縞長が、声をかけてきた。

「だいじょうぶかね。なんだか、顔色がよくないぞ」

俺は言った。

「ちょっと寝不足でね。でも、どうってことはない」

縞長は、白髪頭だ。あと三年で定年だという。どうして、そんなベテランが機捜に配属になったのか。初めて会ったとき、俺は不思議に思った。

機捜というのは、その名のとおり、機動力が売りだ。だから、若い者が配属になる。定年間際の者が働く部署ではない。

だが、上の思惑は別のようだ。機捜としての実績を上げたいのだ。初動捜査と助っ人が任務の機捜は、なかなか実績を上げられない。

そこで、誰だか知らないが上のやつは考えた。

見当たり捜査班にいた縞長を機捜に入れれば、指名手配犯を検挙できるかもしれない、と……。

機捜車は、繁華街や駅周辺といった人が多い場所を流していることが多い。その車に、見当たり捜査で眼力を鍛え、頭の中に犯罪者の資料を叩き込んでいる捜査員を乗せていれば、自然と検挙率が上がるのではないかという虫のいいことを考えたやつがいるということだ。

ところが、実際に縞長は着々と実績を上げている。

相棒の俺は、悪い気分ではない。いっしょに上司から褒《ほ》められるからだ。だが、だんだんと複雑な心境になってきたことも確かだ。

機捜としては、俺のほうが先輩だ。年齢ははるかに縞長のほうが上だが、そういう事情もあり、どちらかというと俺のほうがイニシアティブを握っていた。

だが、縞長が指名手配犯を何人か検挙してからは、俺はだんだんと彼の運転手に過ぎないんじゃないかという気がしてきた。

縞長がさらに言った。

「昨日は休めなかったのかね？」

「ベッドには入ったんだけどね……。なぜか寝つけなくて……」

「いかんね」

「まあ、そういう日もあるよ」

縞長が、しげしげと顔を見るので、俺はなんだかうっとうしくなった。それで、彼を無視するように、パソコンのディスプレイを開けて、書類仕事を始めた。

縞長は、何も言わず、俺と同じようにパソコンを開いた。


書類を見つめていると、ふと睡魔が忍び寄ってきた。そうだよな。寝てないんだから、眠くなるのは当然だ。

これなら、今夜は間違いなく眠れるだろう。俺は、そう思うと幾分か気が楽になり、縞長に言った。

「シマさん、帰りに一杯やっていきませんか?」

縞長は、驚いた顔で言った。

「早く帰って寝たほうがいいんじゃないのかね……」

「別に病気なわけじゃない。ただあまり寝てないだけだ。酒を飲んでリラックスしたら、寝付きもよくなるんじゃないかと思って……」

「そりゃまあ、そうかもしれないけど……。早く帰って、休んだほうがいいと思うがね……」

「心配いらないよ。どうせ夕飯を食わなきゃならないんだ」

縞長はしばらく考えてから言った。「まあ、そうだな。別に深酒をしなければだいじょうぶだろう」

　そこで二人は、渋谷の街に繰り出した。若者の街という印象があり、たしかに若い連中があふれているのだが、サラリーマンが一杯やるような店だって少なくない。

　特に井《い》の頭《かしら》線の脇あたりは、かなりマニアックな一帯だ。渋谷には戦後、闇市があり、再開発されてずいぶんときれいになった今でも、このあたりはかすかにその名残りがある。井の頭線西口近くの狭くて古い居酒屋に入った。もっとこぎれいで、値段も手頃な店はいくらでもある。

　でも、なぜかこういう店を選んでしまう。そのほうが居心地がいい。俺は、まだ三十四歳だが、飲食店の趣味は縞長よりも渋いかもしれない。

　二人ともビールを注文する。ビールというのは不思議な飲み物だと思う。最初は、たいていビールを注文する。

　アルコール度が低く、清涼飲料水に近い感覚なのかもしれない。

「眠れないって、いつからのことだ？」

　乾杯をすると、縞長が尋ねた。

「昨日だけ。全然心配することはないんだ」

「いや、寝不足はいろいろなところに影響が出るものだ」

「今夜ぐっすり眠ればいいんだ」

俺はメニューを見ながら言った。

何を見ても、あまり食べたいと思わない。腹は減っているはずだ。俺は言った。

「食べ物は、シマさんに任せていい？」

「どうした？　食べないのか？」

「いや、注文してくれたものを、適当につまむから……」

「あんたらしくないね。いつもは、あきれるほど食べ物を注文するのに……」

俺は先ほどと同じことを言った。

「まあ、そういう日もあるさ」

お造りに、焼き物、もつ煮込みなど、縞長が注文したのは、定番の肴《さかな》だ。俺は、好物の〆鯖《しめさば》を口に入れたが、どうも食欲が湧《わ》かない。

寝不足はいろいろなところに影響が出ると、縞長が言ったが、食欲がないのもその影響だろう。そういえば、昨日もそうだった。

だが、ビールの二杯目を飲みはじめる頃には、普通に食欲も出て来た。俺は安心した。眠れない、食えないじゃ、機捜の激務には耐えられない。

店に来たのは六時過ぎで、八時前には引きあげた。

風呂に入ってテレビを見て、昨夜同様に十二時過ぎに寝る用意を始めた。日勤や第一当番の前日はいつもそのくらいに寝る。

今日は眠れるだろう。

そう思い、電気を消した。蒲団にくるまり、眠りの幕が下りてくるのを待つ。眠りに入りかけたとき、何かの小さな物音で、はっと目が覚めた。

ああ、やはり眠りかけていたなと俺は思った。ならば、すぐにまた眠れるだろう。

そうしているうちに、またいろいろなことが脳裏に去来した。仕事のこと、学生時代の思い出……。熊井に言われたことに、今さらながら、腹が立ってきた。

腹が立つと、眼が冴えてくる。そして、縞長のことを考えた。機捜としての経験は俺のほうが上だ。だが、警察官としての経験は、縞長のほうがはるかに長い。そして、見当たり捜査で鍛えた彼は、次々と実績を上げている。

機捜の経験など、警察人生において、どれほどの役に立つだろう。縞長がこれまで積み上げた経験のほうが、ずっと価値があるに違いない。

なのに、俺が縞長に対して、大きな顔をしていていいのだろうか。それは、いつも頭の片隅にひっかかっていることだった。

縞長が手柄を上げるたびに、あたかも二人の手柄のように取り沙汰される。そのたびに俺は、何とも言えない気分を味わっている。

そんなことを考えているうちに、ますます眼が冴えてきた。

なんだよ、今日も眠れないのか……。

ひどく憂鬱な気分になってきた。酔いが醒《さ》めてきて、よけいに眠れなさそうな気分になってきた。

いらいらして、いっそのこと起き出してしまおうかとも思った。だが、横になっていればいつかは眠れるかもしれない。

そんなことを思ってじっとしていた。

結局、スマートフォンの目覚ましが鳴るまで、ちょっとうとうとしただけだった。


「運転を代わろうか？」

第一当番の朝、機捜車に乗り込むと、縞長が言った。

シルバーの日産スカイライン２５０ＧＴだ。一一〇番通報の情報が表示できる特殊なカーナビと、ナンバー照会などに使う端末、それに無線機、サイレンのアンプが搭載されている。

赤色回転灯は、コイル状のラインがついており、磁石でルーフに装着するタイプだ。

俺はこたえた。

「大先輩のシマさんに運転させるわけにはいかない」

「意地を張っていると、事故を起こすぞ」

「安全運転でいくよ」

俺は、いつものとおり運転席に座り、車を出した。縞長には、運転などしないで、町を行く人たちに眼を配っていてもらいたい。

人混みの中に指名手配犯がいるかもしれないのだ。

俺は縞長の運転手でいい。そのほうが実績を上げられる。

縞長は無口だ。巡回している間、ほとんどおしゃべりをしない。普段はありがたいのだが、寝不足の今は、少しだけ会話の相手をしてほしいと思った。

不思議なことに、夜ベッドに入ると眼が冴えるのだが、こうして起きていなければならないときに睡魔が襲ってきたりする。

だから、不眠症と言うより睡眠障害と言ったほうが正確なのだと思う。

まさか、運転しながら睡魔に襲われるとは思っていなかった。頭を振ったり、眼をぱちぱちさせたりして、必死に眠気を追い払おうとする。

だが、一瞬意識が飛んだ。

はっと気がつくと、赤信号が見えた。

咄嗟にブレーキを踏んだが、間に合わなかった。前の車に追突してしまった。黒のハッチバックだ。いわゆる「オカマを掘る」というやつだ。

「しまった……」

俺はつぶやいていた。縞長が同じようにつぶやく。

「やっちまったな……」

素直に運転を代わってもらっていれば、こんなことにはならなかったはずだ。

「とにかく、通報するよ」

縞長が携帯電話を取り出した。追突事故なのだから、交通課に知らせるべきなのはわかっている。だが、通報は相手の反応を見てからでもいいのではないか。

俺は、ついそんなことを考えていた。

いや、それより前の車に乗っている人たちの安否確認だ。運転席と助手席に人影が見えていた。

俺はハザードを点けてから、車を降りた。縞長も降りた。

そのとき、信号が青に変わった。

俺が追突した黒のハッチバックは、後部バンパーが大きくへこんだまま、発進した。

「え……。あ、ちょっと……」

俺は思わず声を上げていた。

まさか、追突された車が走り去るとは思ってもいなかった。

その瞬間に、俺はぴんときた。

「シマさん、追いますよ」

「ああ……」

俺は運転席に飛び乗り、エンジンをかけた。縞長が助手席に収まるのを見て、シフトレバーをドライブに入れる。

対象の黒いハッチバック車は、青山通りから宮益坂《みやますざか》を下ろうとしていた。宮益坂下からJR線のガードをくぐり、ハチ公前のスクランブル交差点を直進。道玄坂に入った。

俺は追尾しながら言った。

「通信指令センターに連絡を」

「了解した」

縞長は、無線のマイクを取り、不審車を追跡している旨《むね》を連絡した。

「……現在、当該車両は、道玄坂を国道246方面に向けて走行中」

「機捜235。こちら、通信指令センター、了解」

続いて、応援を要請する無線が流れた。

「通信指令センターより各局、不審車逃走。当該車両は、渋谷道玄坂を国道246方面に逃走中。当該車両は黒色、ハッチバック……」

それが繰り返された。

黒いハッチバックは、黄色から赤になった信号を突っ切って行く。

俺は言った。

「シマさん、サイレン」

「了解」

縞長は、手動スイッチとペダルの両方のサイレンを鳴らした。そして、窓を開けて赤色回転灯をルーフに装着する。

覆面パトカーがサイレンを鳴らすと、通行人たちが、驚いた顔を向ける。それがちょっとした快感だった。

「マル対が国道２４６に出る。神奈川方面だ」

縞長が言った。「高速に入るのかもしれない」

「そうなれば、こっちのもんだ。高速は逃げ場がない」

「なるほど……」

逃走者は、それを心得ているのか、大橋《おおはし》ジャンクションを通り過ぎ、さらに池尻《いけじり》の入り口も通過した。高速道路には入らない。

眠気など吹き飛んでいた。今は、黒いハッチバックを追跡することしか考えていない。

「事故を起こして逃げるならわかるが……」

縞長が言う。「追突されて逃げるなんて、どういうことだろうな」

「考えられることは二つ。やばいものを積んでいるか、やばいやつが乗っているか、だ」

「そういうことだな」

「シマさん、運転しているやつ、見てないよね」

「こっちの車は、後ろにいたんだぞ。顔は見えない」

「じゃあ、見当たり捜査も役に立たないね」

「言っておくがね、見当たり捜査は、数ある捜査手法のうちの一つでしかないんだよ」

「でも、シマさんは、ずいぶんと実績を上げている」

「その話は後だ」

それから、無線のやり取りが忙しくなった。近くにいた他の機捜車や所轄のパトカーがバックアップをしてくれる。

世田谷署のパトカーが、砧《きぬた》公園を過ぎたあたりで当該車両の鼻面《はなづら》を押さえ、停止させた。俺たちの機捜車もすぐ後ろに停車した。

世田谷署地域課の係員といっしょに当該車両を取り囲んだ。

車に乗っているのは二人。いずれも男性だ。

アメリカではこういう場合、一人が運転席に声をかけ、一人が車の後方で拳銃を構える。

それほど緊張する瞬間だ。

俺はできるだけ穏やかな声で言った。

「すいません、何かありましたか？」

相手が興奮していることが予想される。いきなり高圧的な態度で接すると、相手は反発してさらに興奮する可能性がある。武器を持っている場合は、攻撃してくることも考えられる。

だから、最初はできるだけソフトに接するのだ。

運転手は窓を開けると言った。

「何すか、いったい……」

二十代だろう。まだ若い男だ。細身で、長い髪を茶色に染めている。ミュージシャンのように見える。

助手席の男も同年代だが、こちらは太っていて、髪型はソフトモヒカンだ。

運転席の細身の男は、何事もなかったような態度を取ろうとしている。逃走したことをなかったことにしたいようだ。

一方、助手席のやつは緊張しているように見える。

俺は相変わらずのソフト路線で言った。

「すいませんが、ちょっと降りていただけますか？」

「なんで？　俺、何かした？」

「いや、何かしたのは、こちらのほうなんです」

「え……？」

「渋谷の宮益坂で追突されましたよね？」

「追突……？」

俺はハッチバックの後部に移動した。そして、バンパーを指さした。

「ほら、ここにはっきりと痕跡が残ってますよ」

そして、その車の後ろに駐車している俺たちの機捜車を指さして言った。

「こっちは前のバンパーがへこんでいるでしょう？」

「追突された覚えなんてないなあ……」

「運転していたのは俺なんですよ。間違いはありません」

「そんなこと言われてもなあ……」

相手は、のらりくらりと言い逃れをするつもりだろう。

俺は縞長の顔を見た。縞長はそれに気づいて首を左右に振った。「指名手配犯か？」と無言で尋ねた俺に、「違う」とやはり無言でこたえたのだ。

……ということは、やばい積み荷ということだ。

「ちょっと、車の中を見せてもらえますか？」

「なんで？　俺、追突の被害者なんだろ？　俺がかまわないって言えば、それで済む話じゃないか」

「そうなんだけどね。追突されたのに、そのまま走り去るって、何か理由があるんじゃないかと思うじゃない。それに、俺たちサイレン鳴らして追跡したんだよね」

「まさか俺が追われてるなんて思わなかったんだよ」

「そのまさかだったんですよ。車の中を見せてください」

「なんで？　そんな必要はないだろう」

「何台もの覆面やパトカーが追っかけたんですよ。こっちも何もしないいんじゃ引っ込みがつかないんでね……」

「そんなの、そっちの勝手じゃねえか」

「見せてもらいますよ。邪魔すると、公務執行妨害罪になりますからね」

これは、実は無茶な話だ。令状がないので、車の捜索は任意だ。持ち主がいやだと言ったら捜索はできない。そして、任意の調べを拒否することは、当然のことながら公務執行妨害などにはならない。

だが、職質で、車内や鞄の中を捜索されることをはっきりと拒否する者はほとんどいない。身柄を拘束されることすら拒否しないものだ。

任意だから断れるということを知っている者は少ないし、そんなことをしたら、後でもっとひどい目にあうのではないかと考えてくれるのだ。

警察官のほうも巧妙だ。何気ない口調で、「ちょっと、いいですか?」などと尋ね、「あ」とか「うん」とか相手が言うと、それで了解の意思ありということにしてしまう。

犯罪の芽を摘むのが職質の目的だ。違法捜査すれすれであっても、犯罪を見逃すわけにはいかない。

「車の中を見られて、何か困ることがあるんですか？」

「別に……」

「だったら、いいですね」

嫌だと言っても、逃がす気はなかった。

車内には何かある。それは間違いない。だから彼は、追突されながらも逃走したのだ。

事故処理のために、警察が駆けつけるのを嫌ったのだろう。

まさか、追突したのが警察官だとは思ってもいなかっただろう。

「理由もなく、車の中を見せたくないね」

「では、検挙しますよ」

「おい、俺は被害者なんだろう？」

「赤信号を無視して通過しましたね。危険行為です」

「そんな無茶な……」

警察官は任意であれ、調べたいものは必ず調べる。それをわからせなければならない。

俺は一歩も引く気はなかった。

それがようやくわかったのだろう。相手は、諦めたように言った。

「好きにしろよ」

車に乗っていた二人をパトカーに乗せ、所轄の地域課係員に二人を任せ、俺は縞長と二人で車内を捜索した。

後部座席のシートの下に、ポーチがあり、その中にビニール袋に入った色とりどりの錠剤が見つかった。

ラムネ菓子のように見えるが、錠剤にはさまざまな絵や記号が刻印されている。

メチレンジオキシメタンフェタミン、通称エクスタシーだ。

「覚醒剤の所持だ」

俺が言うと、縞長がうなずいた。

「この量からすると、明らかに販売目的だね」

俺は車から離れ、パトカーの後部座席にいる二人の男に言った。

「現在、午後三時十五分。覚醒剤の所持で、緊急逮捕するから」

痩せた男は舌打ちしてからつぶやいた。

「知っててカマ掘ったのかよ……」

俺は言った。

「そうそう。そっちのほうは、示談にしてくれる?」

「事件の端緒は、渋谷署管内なんで、渋谷署に身柄を運ぼうと思うんだけど、いいかな?」

俺は応援に来たパトカーの係員たちに言った。彼らは、世田谷署の係員だった。

「いいよ」

巡査と巡査部長がいたが、巡査部長のほうが言った。「どうせ、俺たちは助っ人だからな」

「必ず借りは返すから」

「いいって、気にするな」

さらに巡査が、被疑者二人を渋谷署に移送するのに付き合ってくれた。俺は、その巡査にも礼を言った。

渋谷署に着いて、被疑者二人の身柄を生安課《せいあんか》に渡すと、俺は班長の徳田一誠警部に、追突したことを報告に行った。

徳田班長は、ぽかんとした顔で言った。

「追突した相手が、覚醒剤を所持していたって言うのか」

「まあ、そういうことです」

徳田班長は笑いだした。

「始末書、書いておけ」

「はい」

「ともあれ、検挙は検挙だ。よくやった」

まだ上がりの時間までは間《ま》がある。機捜車に戻ろうとすると、縞長が言った。

「あと一時間ほどで勤務時間は終わりだ。もう出なくていいだろう。車も修理に出さなきゃいかん」

「へこんだのはバンパーだけだよ」

「もういい。分駐所の休憩室で休め。たまには、年寄の言うことを聞くんだ」

「わかったよ」

俺が休憩室に向かうと、縞長がついてきた。何か言いたいことがあるようだ。

ソファに腰かけると、縞長は近くにあるテーブル席の椅子《いす》に座った。

「どうだい？　今夜は眠れそうかい？」

「わかんないよ」

「あんたが眠れないのは、気づかいのせいだと思う」

「気づかい？」

「そう。私に気をつかい、刑事に気をつかい、応援に来た地域課の係員に気をつかう。知らず知らずのうちに自分を追い詰めていたんだ」

俺は肩をすくめた。

「そうかな……」

「私が手柄を上げるのが面白くなかったんだろう？」

俺はちょっと考えてから正直にこたえた。

「素直に喜べはしなかったな」

「あんたは忘れているんだ」

「何を？」

「私が指名手配犯を見つけられるのは、あんたの協力があればこそなんだ」

俺はその言葉にちょっと驚いた。縞長はさらに言った。「だから、俺の手柄じゃなくて、間違いなく二人の手柄なんだ」

「そんなことを言われると、なんだか照れくさいじゃないか」

「それにな、あんたの気づかいは大切なものだ。それを忘れないでほしい」

縞長はそれだけ言うと、立ち上がり、休憩室を出て行った。

俺はしばらくソファに腰を下ろしていた。なんだか、体から余計な力が抜けていったような気がした。

それから猛烈に腹が減ってきて、もりもりと夕食を食べた。その夜は、ベッドに入るとすぐに眠りにつき、朝までぐっすりと眠った。

翌日は、第二当番、つまり夜勤だ。

渋谷署に行くと、また熊井に会った。

「聞いたぞ、追突したやつが覚醒剤所持だって？　機捜は楽な仕事してやがるな」

「あんたもぶつけてみろよ。指名手配犯なんかに当たるかもしれないぞ」

気分が軽いので、軽口を返せる。

熊井は毒気を抜かれたような顔で、去っていった。

縞長がやってきて言った。

「今日は顔色がいいな」

「たっぷり寝たからね。もう、追突なんかしない」

「今日は徒歩だよ」

「そうか……。機捜車は修理か……」

「本格的に見当たり捜査をやってみるか」

「わかった。今日はシマさんの指示に従う」

「そう」

縞長がほほえんだ。「そうすると、いっそう肩の荷も下りるってもんだよ」

肩の荷が下りる、か……。

そうなれば、しばらく不眠とは縁が切れるな。そんなことを思いながら、俺は、縞長とともに渋谷駅に向かって歩いた。

指揮

1

その日は第一当番で、機捜235は朝から密行していた。

235は、俺、高丸卓也《たくや》と縞長省一が乗っている車両のコールサインだ。

第三方面は、渋谷区、目黒区、世田谷区東部を指す。つまり、俺たちは普段、この地域内を密行しているということだ。

密行というのは、覆面車で巡回することだ。語源については俺はよく知らない。たぶん、隠密行動か何かの略なのだろうと思う。

密行だけで一日が終われば実に幸運だ。第一当番は、午前八時半から午後五時半までだ。日勤とほぼ同じだ。

午後四時過ぎに分駐所に納車して、その日の日誌を書けば仕事は終わりだ。飲みに行こうが、待機寮に帰ろうが自由だ。

ただ、それも密行だけで無事に終われば、の話だ。

俺たち機動捜査隊、略して機捜は、いろいろな場面に駆り出される。まずは、初動捜査だ。

俺たちが殺人などの重要事案の端緒に触れるのだ。車の中ではいつも無線を聞いている。

管内で事件発生ということになれば、文字通り機動力を活かしていち早く現場に駆けつける。

所轄の刑事課か本部の捜査一課に引き継ぐまで、現場保存や聞き込みにつとめる。

実は、目撃情報などはこのときに得られることが少なくない。証拠や証言は、事件発生から時間が経つにつれ急速に失われていくのだ。

ガサ入れや張り込み、捜索など、人手が必要なときに駆り出されることも少なくない。そうなれば、時間など関係なくなる。

助手席の縞長が言った。

「そろそろ三時だね」

縞長はベテラン捜査員で、俺よりも二十歳以上年上だ。

捜査一課や所轄の刑事課では、年齢差のあるコンビも珍しくはないが、機捜ではほとんど見かけない。

機動力といえばやはり若手だ。

かつて、機捜にベテランが配属されていた時期があったそうだが、今は捜査一課の登竜門と言われている。若手の修行の場なのだ。

だから、縞長のような機捜隊員は、最近では珍しい。白髪の機捜隊員はかなり目立つ。

「じゃあ、分駐所に向かおうかな……」

ハンドルを握る俺は、縞長に言った。

その時だった。無線が流れて、二人は耳をすました。

「通信指令センターより目黒および各局。武器を所持した男が、人質を取ったとの通報あり。現場は目黒区青葉台《あおばだい》二丁目……」

オペレーターは、現場の所在地を繰り返した。旧山手通りに面した結婚式場だ。

俺は言った。

「急行するよ」

「帰りは遅くなるかもしれないね」

縞長はそう言いながら磁石式のパトライトを取り出し、助手席の窓を開けてルーフに取り付けた。

交通違反は細かく取り締まるくせに、こういう規定に関してはルーズだ。警察官が批判されても仕方がないなと思うこともある。

縞長が言った。

「人質事件だということだから、念のためにサイレンはひかえよう」

「そうだね」

俺は頭の中に、現場への最短コースを描き、それに沿って進んだ。

いつも前を通るたびに派手な建物だと思っていた。そこが結婚式場だと知ったのは最近のことだ。

建物の前には車寄せがあり、いつも古めかしい服装の係員が立っていた。今は、その係員の姿はない。

代わりに制服を着た警察官が立っていた。所轄の地域課だろう。

そして、旧山手通りには、パトカーや覆面車が停まっていた。まだマスコミの姿はそれほど多くない。

そのうちに、車道に中継車が並ぶことになる。俺は、シルバーのセダンの後ろにつけた。リアウインドウに「機捜２３１」の文字が見える。

同じ班の車だ。梅原健太と井川栄太郎が乗っていたはずだ。

俺と縞長は車を降りて建物のほうに向かった。すると、制服を着た警察官が二人の前に立ちはだかった。

「この先には進まないで」

俺と縞長は背広姿だ。さまざまな装備を腰に巻いたりポケットに押し込んだりしているから、一目で機捜とわかるはずだ。

俺は言った。

「機捜だよ。通してくれ」

「わかってるよ」

制服警官は三十代後半に見えた。階級章を見ると巡査部長だ。「危険なんだよ。チョッキ持ってるだろう。装着してよ」

縞長が眉間《みけん》に皺《しわ》を寄せて訊いた。

「犯人は拳銃を持ってるってことかい？」

巡査部長はうなずいた。

「そういう情報があるんだ」

俺は尋ねた。

「まだ、発砲はないよね」

「ない」

「じゃあ、本物じゃないかもしれない」

「誰かが撃たれてからじゃ遅いんだよ。その誰かには、あんたらも含まれてるんだ。この先には進めないよ」

「誰か、状況を詳しく知っている者は？」

「今、館内から人を避難させて封鎖している最中だ。館内にいた人たちを裏手にある公園に集めているから、そっちで話を聞けるんじゃない？」

俺は縞長に言った。

「行ってみよう」

公園内には、職員らしい制服姿の人たちと、一般客らしい人々がいた。総勢で、四十人ほどだ。

縞長が言った。

「式の最中らしい人たちがいないねえ」

「ウィークデイの午後だからね」

「まあ、それが不幸中の幸いってところかね……」

所轄の地域課らしい制服警官が三名、そして、梅原・井川の姿があった。

俺は梅原に近づいて言った。

「状況は？」

「おう、高丸か。犯人は拳銃のようなものを持って、人質を取って二階にいるらしい」

縞長が尋ねた。

「人質の身許は？」

梅原は、手にしたルーズリーフのノートを見た。

「橋本裕子《はしもとゆうこ》、三十六歳。職員です」

梅原は俺と同じ年だ。だから、年上の縞長には敬語を使っている。俺もしばらくは敬語だった。

そして、縞長も俺に敬語を使っていた。機捜としては俺のほうが先輩だからだ。相棒なのだからお互いに敬語は変だろうということになり、俺たちはそれをやめた。

「人質は一人なんだね？」

「目撃者の証言だと一人ですね」

「犯人の身許は？」

「不明です」

俺は尋ねた。

「結婚式場の客じゃないのか？」

「表に立っていた車両係の話だと、受付に用があると言ったそうだ」

車両係というのは、古風な制服を着た男のことだろう。

「話を聞いてみていいか？」

「いいよ。ただ、俺たちがまだ話を聞いてない連中を受け持ってくれるとありがたいんだがな……」

「車両係から話を聞き終わったら取りかかるよ」

俺は、人一倍目立つ服装の男に近づいた。年齢は五十代だろう。

「ちょっといいですか？」

「あんたは？」

「機動捜査隊の高丸と言います。こちらは縞長」

「いつまでここにいなきゃならないの？」

「もうじき本部の者が来ると思いますので、その指示に従ってください」

「早くしてほしいね……」

俺はこうした苦情に対処する気はない。すぐに質問を開始した。

「犯人と話をしたそうですね」

「話をしたといっても……。受付はどこですかと訊かれて、場所を教えただけだよ」

「犯人は一人だったのですね？」

「一人だよ」

「どんな人物でした？」

「普通の人に見えたよ」

「男性ですか？」

「そう。男性だ」

「年齢は？　いくつくらいに見えました」

「うーん、最近はみんな実年齢がわかりにくいよね。よくわからないんだ」

「私と比べて上に見えましたか、下に見えましたか？」

「少し上に見えたね」

三十代半ばから後半ということだろう。

「身長はどのくらいですか？」

「あんたと同じくらいだよ」

百七十五センチくらいということだ。

「太っていましたか、痩せていましたか？」

「普通だったよ」

「髪型は？」

「長くもなく短くもなかったな。ちゃんと整髪していたよ」

「何か特徴はありませんでしたか？」

「さあ……。俺は受付の場所を教えただけだからねえ」

犯人は現場にいるのだが、その特徴を訊いておくのは重要だ。今後、建物の中に犯人らしい人物を目視することもあるだろう。その人物があらかじめ聞いていた特徴と違っていれば、犯人は単独ではなく複数いるということになる。

俺は、梅原に言われたことを思い出した。手分けして、建物から避難してきた人々から話を聞かなければならない。

「どうもありがとうございました」

車両係は不安気に言った。

「私ら、どうすればいいんですか」

「それも、本部の人に訊いてください」

そう言って俺は、その男のもとを離れた。

縞長が言った。

「人数が多いから、我々も手分けしたほうがいいな」

「そうだね」

それから、目撃情報や内部構造の情報を集めていると、梅原がやってきて言った。

「本部の連中が来た」

「捜査一課か？」

「そうだ。特殊班だ」

「SIT《シット》か……」

立てこもり事件なのだから、特殊犯捜査係のSITがやってくるのは当然だ。

三人の捜査員がいた。彼らはSITと大きく書かれた防弾チョッキを着ているのですぐにわかった。

「本部から人が来たからには、俺たちは用済みだ」

梅原が言った。「報告を済ませたら密行に出るよ。じゃあな」

梅原と井川が去っていくと、縞長が近付いてきて言った。

「特殊班だって？」

「ええ、あそこにいる連中です」

「あそこの三人か……。実動部隊は隠れているな……」

「隠れている？」

「顔出ししているのは、係長とか交渉係だろうね。特殊班は顔ばれしちゃまずいんだ」

彼ら三人は手分けをして、梅原や所轄の地域課の警察官に話を聞きはじめた。状況を説明し終えると梅原たちは、言葉どおり現場を去っていった。

俺たちのところにも一人やってきた。

「特殊犯捜査第一係の葛城《かつらぎ》です」

彼は、俺にではなく縞長に言った。

誰が見ても縞長のほうが立場が上だと思うだろう。

縞長が言った。

「こっちの高丸のほうが、機捜が長いんだ。話を聞くなら、彼からにしてくれ」

特殊班の葛城係長は一瞬怪訝そうな顔をしたが、すぐに気を取り直したように俺に尋ねた。

「どういう状況ですか？」

「結婚式場の職員を人質にとって二階に立てこもっているようです。犯人は一人の模様。拳銃を所持しているという情報もあります」

そして、俺は犯人らしい人物の特徴と、人質の身許を付け加えた。

葛城係長はメモを取り終えると言った。

「わかった。ごくろう」

そのまま立ち去ろうとする。

俺は尋ねた。

「自分らはどうすればいいですか？　そちらの指揮下に入りますが」

梅原のようにここを去ってもよかった。だが、そうしたくはなかった。もう少し経緯を見ていたかったのだ。

葛城係長が振り向いて言った。

「そうだな……。機捜なんだから、密行は得意だな」

「ええ」

「目立たぬように、周囲を巡回してくれ。何か妙な動きがあったら、すぐに知らせてほしい」

「署活系の無線ですか？」

「いや、携帯電話でいい」

葛城係長が番号を言い、俺はそれを自分の携帯電話に登録した。

「では、機捜235で巡回します」

「よろしく頼む」

彼は歩き去った。

「さすがだね……」

縞長が言う。

「さすが……？　何が？」

「これから銃を持っているかもしれない犯人と対峙《たいじ》することになるというのに、葛城係長はまったく緊張した様子がなかった」

「係長ですからね」

「訓練のたまものだね」

俺たちは旧山手通りに駐車している機捜車に戻ろうとした。

そこに三台の車がやってきて停まった。旧山手通りの片側車線が完全にふさがれた。そのうちの一台は、青と白に塗り分けられたワゴン車で窓に金網が張られている。

機動隊の車両だろうと思ってよく見ると、ルーフの上に『公機捜』の文字が見える。その他の二台は、俺たちの車とあまり変わらないシルバーのセダンだ。その二台も公機捜車なのだろう。

公機捜とは、公安機動捜査隊のことだ。刑事部に俺たち機捜がいるように、公安にも機捜がいるのだ。

機動隊の車両と同じ青と白の車は、指揮車のようだ。

俺は機捜235の運転席の脇に立ち、ぽかんと彼らの到着を眺めていた。縞長もほぼ同様だった。

車から次々と捜査員が降りてくる。シルバーの車からは二名ずつ降りて来た。指揮車からは三人だ。

セダンから降りてきた連中は、俺と同じく背広を着ていたが、指揮車から降りて来た三人は出動服に略帽のキャップという恰好だ。

背広姿の二人組が近付いてきて俺に言った。

「機捜だね？」

「ああ、そっちは公機捜？」

「まあ、そういうことだ」

俺の覆面車のリアウインドウにはちゃんとコールサインが書いてあるが、彼らの車には何も書かれていない。

さすがに公安だと思った。

「状況は？」

そう訊かれて、俺は戸惑った。

「ちょっと待ってよ。どうして公安がやってきたわけ？　立てこもり事件だから、SITの仕事でしょう」

相手はかすかに笑みを浮かべて言った。

「なに……。俺たち目黒だからね。近いから来てみようと思っただけさ」

公機捜の本部は目黒区目黒一丁目にある。たしかにここから遠くない。緊急車両なら五分ほどでやってこられるだろう。

だが、ただ近いという理由で出動するわけがない。軽口を叩《たた》いているだけだ。

それが腹立たしかった。

「俺たちは刑事部だからね。捜査一課とかのためには初動捜査の結果を報告するよ。事実、SITには報告した」

「SITが来てるんだな……」

「立てこもり事件なんだから、当然だろう」

「俺たちにも状況を教えてくれ」

「どうして公安が出てきたのか。それを説明してくれれば、わかっていることを教えてもいい」

二人の公機捜隊員は顔を見合わせた。そして、片方が言った。

「実はこの結婚式場の向かい側は微妙な地域でね……」

「微妙……？」

「マレーシア大使館がある」

「ああ、それは知っている。いつも巡回しているからな」

「そして、その隣りにカトリック教会がある」

俺は苦笑した。

「たしかにマレーシアはイスラム教国だ。だからといって隣りにカトリック教会があることが問題だとは思えないな」

「たしかにこれまで問題が表面化したことはなかった。しかし、マレーシア国内ではキリスト教会への襲撃が相次いだ時期がある」

「そんな話は初耳だ」

「勉強不足だよ。まあ、刑事部の機捜ならそんな勉強は必要ないだろうがな。かつてマレーシアで、神の表現を巡って問題になったことがある」

「神の表現？」

「非イスラムの出版物で神を『アラー』と表現できるかが問題になった。政府はその言葉の使用を禁止した。するとキリスト教の司祭が政府を相手取って裁判を起こした。その結果、最高裁判所はキリスト教司祭の言い分を認め、国の主張を退けた。それに怒ったイスラム系国民がキリスト教会を襲撃したというわけだ」

俺は驚いて尋ねた。

「この立てこもり事件が、その教会襲撃と関係があるというのか？」

「ネットで予告があったんだ。自分はムスリムで、カトリック教会を爆破する、という予告がね」

こいつは、本気で言っているのだろうか。

俺は少々疑問に思った。なんだか、煙《けむ》に巻かれているような気がした。

そのとき、縞長が言った。

「初動捜査で得た情報は、相手が誰だろうと提供すべきだと思うね」

俺は考えた。

そうだ。問題を解決するのは誰でもいい。とにかく人質を無事に救出しなければならない。

俺は、さきほど葛城係長に伝えたのと同じことを、目の前の公機捜隊員に伝えた。

2

話を終えて車に乗り込もうとしたとき、俺はふと葛城係長と出動服の男が何やら深刻な表情で話し合っているのに気づいた。

「シマさん、あれ……」

俺が指さすと、縞長はそちらを見て言った。

「なんだか、揉《も》めているようだね」

「誰が仕切るかで揉めてるのかもね」

「そうだねえ。特殊班が仕切るのが筋だろうが、公安に筋なんて言ってもねえ……」

「公安は指揮車なんて持ち込んで、やる気満々だよね」

「どちらも本隊はまだ姿を見せていない。表に顔を出しているのは、管理職とか裏方だろうね」

「じゃあ、どっちがどれだけの人数を投入しているのかわからないってことだね」

「そうだね」

「機動隊は来るのかな……」

「それは方面本部長が決めるだろうな」

「方面本部長？」

「そう。警備指揮権を持っているのは方面本部長だ」

「ああ、そうだったね」

所轄の刑事課も現着したようだ。現時点では、所轄の地域課と刑事課で対処している。

準備が整い次第、ＳＩＴが突入の準備を進めつつ、説得を試みることになるだろうと思っていたのだが……。

縞長がＳＩＴの葛城係長と出動服のほうを指さして言った。

「行ってみよう」

俺は思わずしかめ面になっていた。

「主導権争いなんて興味ないよ。言われたとおり、周囲を巡回しよう」

「いや、こういうのも見ておいたほうがいい」

「見ておいたほうがいい……？」

「いつまでも機捜にいるわけじゃない。こういう経験が将来活きるかもしれないんだ」

俺は複雑な気分になった。

たしかに機捜は捜査一課への登竜門だ。俺だっていつかは、捜査一課で殺人など強行犯の捜査をしたいと思っている。

だが、機捜が気に入っているのも事実だ。俺にとって機捜は決して腰かけではない。機捜には機捜のちゃんとした役割がある。

なんだかそれを否定されたような気がしたのだ。

縞長はかまわず歩き出した。

所轄の地域課巡査部長が困ったような顔で葛城と出動服の男を見ていた。出動服の男は年齢は四十代前半。葛城よりも年上のようだ。

近付くにつれて、彼らの会話が聞こえてきた。

「……すでに、うちの係員が内部の様子を探っています。突入のことを考えて、然るべき場所に係員を配置させます」

これは葛城係長の言葉だ。

それに対して出動服にキャップの男が言う。

「だから、その内部捜索の結果を教えてくれと言ってるんだ」

「簡単にお教えするわけにはいきません。勝手に動かれては危険です」

「勝手に動くというのはどういうことだ。そちらが公安の指揮下に入れば済むことだ」

「自分らは立てこもり事件の専門家です」

「わかっているさ。だから、働いてもらうよ」

「現場では私が指揮を執《と》る必要があります」

「指揮はこちらが執る」

地域課巡査部長があきれたように言う。

「犯人は人質を取ってるんですよ。早く対処しないと」

葛城係長が言った。

「すでに特殊班は行動を開始している。内部の様子をつぶさに探っているし、犯人の割り出しにも全力を挙げている」

「交渉とかは始めないんですか？」

巡査部長の質問に葛城係長はこたえる。

「交渉には下準備がいるんだ。へたに接触すれば、相手を刺激するだけだ」

出動服の男が言った。

「排除することは、当然考えているんだろうね」

葛城係長がむっとした顔で言った。

「自分らは警察官ですからね。検挙を第一に考えます。撃ち殺せばいいというものではない」

出動服の男はふんと笑った。

「立てこもり事件の専門家と言ったが、認識が甘いのではないかね。犯罪はどんどん国際化していく。つまり、日本の警察も、国際的なスタンダードの対応が求められているんだ」

「それでも日本の警察の基本的な姿勢を変えてはならないと思います」

たしかに重要な話題だ。だが、今はそんな話をしているときではないと、俺は思った。

出動服の男が言った。

「犯人は宗教的、あるいは政治的なテロリストである疑いがある。そういう連中は排除するというのが国際的な常識だ」

「政治的あるいは宗教的なテロリストとは思えません。ですが、万が一そうだとしたらなおさら、生きたまま検挙したほうがいいでしょう。情報を聞き出せるかもしれません」

「訓練されたテロリストは口を割らないよ」

そのとき、乾いた破裂音が轟《とどろ》いた。

全員が、建物の二階の窓を見た。窓が一つ開け放たれている。そこから、一瞬男の姿が見えた。

葛城係長が言った。

「銃声ですね」

出動服の男が言う。

「ああ、間違いない」

若い地域課の警察官が駆けて来て、巡査部長に報告した。

「窓から犯人が発砲しました」

巡査部長が命じた。

「人を建物から遠ざけるんだ。マスコミを追っ払え」

「了解しました」

俺はさすがに緊張して縞長に言った。

「チョッキを取ってきましょうか……」

「だいじょうぶだよ」

縞長は言った。

見かけは冴えないオヤジだが、縞長は妙に腹の据《す》わったところがある。

そのとき、出動服の男が言った。

「SAT《サット》を呼ぼう」

SATは警備部の特殊急襲部隊だ。

「待ってください」

SITの葛城が言う。「その必要はありません。我々もこういう状況での訓練は積んでおります」

「SATなら、説得だとか生きたまま検挙だとか面倒くさいことを言わずに、俺たちの指示に従ってくれる」

公安部があるのは警視庁だけで、他の道府県警では、警備部内に公安課を置いているところが多い。つまり、警備・公安というのは同類なのだ。

葛城係長が無線機に向かって「了解」と一言告げた。部下から無線連絡があったようだ。イヤホンをしているので、俺たちには聞こえなかった。

葛城係長が言った。

「犯人は窓から外に向けて撃ったようです。何かを狙った様子はなく、威嚇《いかく》射撃だったようです」

巡査部長が言った。

「人質はまだ無事だということですね」

葛城係長がこたえる。

「今確認していますが、おそらくだいじょうぶでしょう」

出動服の男が、もう一度言った。

「ＳＡＴを呼ぶぞ」

葛城係長が言う。

「いや、我々が対処します」

お互いに強情だ。

巡査部長が無線を受けて言った。

「署から連絡です。方面本部長が機動隊の出動を要請したそうです」

それを受けて、出動服の男が言う。

「機動隊とＳＡＴなら相性がいい。ＳＡＴの隊員はほとんどが機動隊出身だし、訓練施設も共用している」

葛城係長は旗色が悪い。

本当に、こんなことをしているときではないんだけどな……。

俺は思った。

だが、どうしていいのかわからない。俺が取りなしたところで、二人は聞く耳を持たないだろう。

時間を追うごとに状況が悪化するのは明らかだ。人質の精神状態や健康状態も気になる。

そのとき、縞長が言った。

「池端《いけはた》、もうそれくらいでいいだろう」

出動服の男が、縞長のほうを見た。そして、見る見る驚いた顔になっていった。

「シマさん……。どうしてここに……」

「俺は今、機捜だからね。初動捜査に駆けつけるんだよ」

「シマさんが機捜……」

俺は縞長に尋ねた。

「知ってる人？」

「昔、所轄で組んでいたことがある。二十年も前のことだ。公安にいるとはな」

縞長に「イケハタ」と呼ばれた男は言った。

「シマさんと離れてすぐに公安に引っぱられました。それ以来公安畑一筋です」

「公機捜にいるのかい？」

「いえ、実は公安総務課です。公機捜隊長から、指揮を執るように言われまして……」

「やっぱり本隊は隠密行動か……」

「はあ……」

縞長がきっぱりとした口調で言った。

「公安部、刑事部、それぞれの面子《メンツ》を背負ってるんだろうが、今一番考えなければならないのは、人質の安全だろう」

葛城係長がうなずく。

「自分もそう思います」

縞長が続けて言った。

「じゃあ、ここは一つ、俺の言うことを聞いてくれないか」

葛城係長と公安総務課の池端が顔を見合わせる。先に返事をしたのは池端だった。

「そりゃあ、世話になったシマさんの言うことですから、俺は従うしかないですね」

「じゃあ、それぞれ得意なことをやってもらう。犯人との直接交渉は、特殊班の役目だ。説得も突入も特殊班に任せる」

葛城係長が満足げにうなずき、池端は何か言おうとした。

池端を制するように縞長の言葉が続いた。

「公安には犯人の割り出しをやってもらう。犯人の身許がわかっていればそれだけ、特殊班は交渉をやりやすくなる」

「犯人の割り出しですか……」

「公安は、何か起きるまでの内偵が命だろう。公安にある情報をかき集めれば、何かわかるかもしれない」

「うちが特殊班の支援に回るということですか？」

「犯人を確保して、もし政治的あるいは宗教的なテロリストだったら、身柄をあんたに渡す。それでどうだ？」

池端は考え込んだ。

葛城係長が言った。

「自分はそれでいいです」

やがて池端が言った。

「わかりました。ここはシマさんの言葉に従いましょう」

縞長がうなずいた。

「じゃあ、すぐに持ち場につこう。じきに機動隊がやってくる。そうなれば、所轄から幹部がやってきたり、へたをすると本部から部長が来るよ」

池端が言った。

「幹部が来たら現場指揮を執る特殊班に任せるよ。私は指揮車の中にいる」

彼は、縞長に一礼してその場を去って行った。

葛城係長も礼をした。

縞長が俺に言った。

「さて、私らは言われたとおり、周囲の巡回をしようかね」

俺はすっかり毒気を抜かれたような気分で、縞長をぼんやり眺めていた。縞長は駐車している機捜車のほうに向かって歩き出した。

俺は慌ててその後を追った。

「あ、あの……」

「何だい？」

「この場を離れていいのかな……」

「どうしてそんなことを訊く？」

「だって、指示を出したのはシマさんでしょう？　経緯を見届けなくていいの？」

「俺たちは機捜だよ。初動捜査が終われば後は彼らの出番だ」

縞長は機捜235の助手席に乗り込んだ。俺は運転席に座ると、取りあえず車を出した。

「しかし、驚いたなあ……。機捜が現場を仕切っちゃうなんて初めてですよ」

縞長が身じろぎする音がした。肩をすくめたのかもしれない。

「池端が当初、私に気づかない様子だったので、黙っていようかと思っていたんだが……」

「シマさんが出て行かなければ、あの二人はまだ主導権争いを続けていたかもしれない」

「お互い、部を背負って現場に出て来ているからね。引くに引けないんだ」

「部を背負う……。そんなこと、考えたことないなあ……」

縞長が笑った。

「管理職になってから考えればいいんだよ」

「しかし、よくあの二人が言うことを聞いたよなあ……」

「昔、ずいぶんと池端の面倒を見たからね。俺には逆らえないんだ」

「さすがに顔が広い」

「亀の甲より年の功ってね……。長年警察にいれば、こういうこともある」

ただ長くいるだけじゃないだろうと、俺は思った。こういうことがあると、縞長がこれまで警察でどういう生き方をしていたのかがわかるような気がした。

旧山手通りから駒沢《こまざわ》通りに出た。右折して山手通りに出る。中目黒《なかめぐろ》の駅前を通過して、国道246号に出て、再び旧山手通りに戻る。

そのコースを何度か繰り返した。マスコミが集まりはじめているが、発砲があったということで、現場からはるか遠くに陣取っている。

「機動隊が来たようだね」

縞長が言う。見ると、青と白のバスがやってきていた。バスは一台だから、一個小隊がやってきたのだろう。

無線を聞いているだけで、だいたい状況がわかる。

「人質、無事に保護されるといいんだけどな……」

俺は巡回を続けながらつぶやいた。

縞長が言った。

「誰もがそう思っている。だが、それを望めない人々がいる」

「それを望めない人々……？」

「特殊班の連中だ。彼らは常に最悪の事態を想定しておかなければならないんだ」

「なるほど……」

突入、犯人との銃撃戦、人質が死亡。今現在でも葛城係長は、その最悪のシナリオを念頭に置きつつ、最善を尽くそうとしているに違いない。

それからほんの十分ほど経った頃のことだ。無線から「犯人確保」の声が流れた。

俺と縞長はしばらく無言で、無線のやり取りに耳をすましていた。

人質も無事救出されたようだ。

犯人がＳＩＴの説得に応じて投降したらしい。

縞長が言った。

「さて、一件落着だ。ずいぶん時間オーバーしちまったが、次の当番に引き継がないと……」

「了解」

俺は車を分駐所のある渋谷署に向けた。


後日、事件の詳細がわかった。

犯人には政治的背景も宗教的背景もなかった。特にあの結婚式場に怨《うら》みがあったわけでもない。

行きずりの犯行だった。拳銃は知り合いの暴力団員から入手したということだった。

おそらく取り調べが続いているはずだから、そのうち詳しいことがわかるだろう。俺たちは、常に次の事件のことを考えていなければならない。それが機捜の仕事だ。

「おい、シマさん」

俺と縞長が密行に出かけようとすると、徳田一誠班長に呼ばれた。

「何でしょう」

縞長が尋ねる。

「ＳＩＴの葛城係長から連絡があった。現場では世話になったという伝言を預かった」

「そうですか。それはどうも……」

「葛城係長は、さらにこう言っていた。今度は、ぜひシマさんに現場で指揮を執ってほしい、と……」

「勘弁してください」

縞長はそう言うと、背を丸め出入り口へ急いだ。

俺は笑いながらそのあとを追っていた。

潜伏

1

「張り込みだ」

徳田一誠班長からそう言われた。

俺は、そのとき、ああそうなんだな、と思っただけだった。

徳田班長は、さらに説明を続けた。

「渋谷署の刑事課強行犯係の応援だ。今夜から明日の夜明けにかけて監視態勢に入る。強行犯係が夜明けと同時にウチコミをかける」

俺たち機動捜査隊、略して機捜が張り込みやウチコミに駆り出されるのは珍しいことではない。

ちなみにウチコミは家宅捜索のことで、ガサ入れとも言う。捜索差押許可状と逮捕令状をいっしょに持って、被疑者の身柄を取ることを目的として家宅捜索を行うことがある。その場合、ウチコミと言うことが多い。

証拠物品が目的の場合はたいていガサと言う。

徳田班六名全員が駆り出されることになった。もちろん、俺の相棒の縞長省一もいっしょだ。

家宅捜索の現場は、渋谷区内のマンション。そこに、強盗傷害犯が潜伏している可能性が高いという。

マンションの周辺に拠点を設けて張り込みを行う。車の中から監視するのが一番楽だが、駐車できる場所は限られている。

住宅街などで長時間路上駐車をしていると、それだけで怪しまれる。つまり、被疑者にも気づかれやすいということだ。

俺はふと気になって、徳田班長に尋ねた。

「どういう形で張り込みをやりますか？」

「マンション周辺の地理を考えると、いくつかの拠点が必要だ。二ヵ所は車両でいい。だが、最低でも一ヵ所は、出入り口に接近した路上での監視が必要だと思われる」

路上での監視。俺はやはりな、と思った。

機捜隊員など、若手がよくやらされるのは、ゴミの集積所で、ゴミ袋の山の中に隠れることだ。

これは意外と効果的で、ゴミ捨てに来た人にもたいていばれない。ただ、ひどい臭いがすることがあるし、冬は寒さがこたえる。

誰だって楽なほうを選びたい。つまり、車での張り込みだ。

当然、俺だってそう思う。そして、俺は縞長のことを気づかった。

縞長は若くない。白髪が目立ち、退官も近い。そんな捜査員にゴミ袋の山の中に入れとは言えない。

「事件発生は、三日前」

徳田班長が説明した。「渋谷区内の民家が被害にあった。宅配業者を装っての犯行だ。手口や付近の防犯カメラの映像から、被疑者が特定された。氏名は、金井《かない》実《みのる》。年齢三十二歳。過去にも同様の犯行があり、現在指名手配中だった」

徳田班長は、顔写真と氏名・年齢等を印刷したＡ４の紙を配った。

「金井か……」

縞長がつぶやいた。

俺は尋ねた。

「知っているんですか？」

「ああ。知っている」

縞長は、配布された紙に印刷されている顔写真を見つめている。

指名手配犯だから、縞長が知っていて当然か、と俺は思った。

徳田班長の説明が続く。

「渋谷署刑事課から、本部捜査一課に応援要請があり、それが我々に回ってきた。捜査一課の名代《みょうだい》だ。ヘマはできないぞ」

なるほど、そういうことか、と俺は思った。

俺たち徳田班は、渋谷署内の分駐所にいるが、所属は警視庁本部だ。渋谷署の刑事課から直接助っ人を頼まれることはない。

捜査一課が出るまでもないという判断だったのだろう。あるいは、一課長がごねたのかもしれない。

梅原健太巡査部長が質問した。

「どういう割り振りになりますか？」

徳田班長がこたえた。

「監視に使う機捜車は二台。一組は路上での張り込みとなる」

徳田班の機捜車は三台。それぞれに二人ずつの乗員がいる。俺と縞長の車のコールサインは機捜235だ。

三台のうちの一台に、徳田班長が乗車している。徳田班長に路上で張り込みをやらせるわけにはいかない。

普通に考えれば、一番の若手である井川が担当することになる。すると、その相棒の梅原も必然的に路上で張り込みをすることになる。

気の毒になあ、と俺が思ったとき、縞長が言った。

「私らが、路上に出ましょう」

「え……」

俺は思わず声を出していた。

梅原も意外そうな顔をしている。彼は俺同様に、当然自分たちが路上に回されると考えていただろう。

徳田班長は、いつもどおり表情を変えずに言った。

「志願してくれるのはありがたいですが……」

「こういうのは言い出しっぺがやるものでしょう」

「路上というのは、単に立って見張るという意味じゃないんですが……」

「それは充分に承知しております」

「今回は、ゴミの集積所での監視となります。それでも志願されますか？」

「はい」

やはり定番のゴミ集積所か……。

俺は暗澹《あんたん》とした気分になった。

徳田班長が、それを却下して井川と梅原に命じることを密かに願った。だが、一縷《いちる》の望みは絶たれた。

徳田班長は言った。

「では、シマさんと高丸が路上班だ。現場まで二人は、俺たちの車に乗ってくれ」

「了解しました」

そう言うしかなかった。

出動の用意をしつつ、俺は縞長に言った。

「どうして、ゴミ集積所での張り込みを志願なんかしたんだ」

「いけないかね」

「だって、ゴミ袋の山の中に埋もれて張り込みするんだよ」

「わかってるよ」

「その年になってやることじゃないだろう」

「年なんて関係ないさ。警察って、そういう仕事だろう」

俺は舌打ちしたい気持ちだった。

「交代で張り込みすることになるだろう。できるだけ俺が長くゴミの中に入るから……」

「そんな心配しなくていい」

「心配するよ」

「私がやらなきゃ意味がないんだ」

「え……？」

どういうことなのか尋ねようとしたが、縞長は駐車場に向かってさっさと歩き去ってしまった。

それを追っていると、熊井猛巡査部長に声をかけられた。

「おう、おまえらが張り込みやってくれるんだって？」

熊井は渋谷署の強行犯係だ。

「ああ。ゴミ袋かぶってやるよ」

「ああ、それ、俺も経験あるな。真冬にな。がたがた震えていたら、明け方、酔っ払いにションベンかけられた」

「最悪だな」

「いや、それがあったかくてさ。なんかほっとした気分だったな」

「マジで最低じゃないか、それ」

「その最低最悪なことをやってくれるわけだ。ごくろうなこったな」

「相棒のシマさんが志願したんでな……」

熊井が目を丸くした。

「なんで、また、シマさんが……」

「知らねえよ。まずい、置いてかれちまう。じゃあな……」

「あ、待てよ。どうしてシマさんが……」

俺はこたえないまま走り出した。

それは俺が訊きたいんだよ。

2

張り込みのときは、あらかじめ捜査員たちの配置を決めておく。徳田班長たちの車は、マンション裏手で、対象の部屋のベランダ越しに窓が見える場所。梅原たちの車は、正面玄関が見える場所だった。

玄関の脇に、塀があり、その一部がへこんでいてゴミの集積所になっている。時刻はまだ午後八時なので、ゴミは出ていない。

早朝に出すことになっているのだが、世の中には早起きする人ばかりではない。必然的に深夜から未明にかけてゴミが出されることになる。

清掃局もマンションの管理会社も住民組合もそのへんに関しては目くじらは立てないようだ。

したがって、ゴミ袋の間にもぐり込むのは、深夜から未明にかけて、ということになる。もちろん、ダミーのゴミ袋は用意してある。中に梱包材《こんぽうざい》などを詰めた袋だ。

俺と縞長は、まだ徳田班長の車の後部座席にいた。

「高丸」

徳田班長が俺を呼んだ。

「はい」

「ゴミの集積所で見張りをするのは、おまえの役目だな。シマさんは車で待機だ」

「ええ、そのつもりですが……」

すると、縞長が言った。

「いえ、自分もその役目をやらせていただきたく思います」

徳田班長が困ったように言った。

「それはあまりお勧めできませんね……」

なにせ縞長は、徳田班長よりもはるかに年上なのだ。

「高丸には、私にできない重要な役割が生じる可能性がありますので……」

徳田班長が尋ねる。

「それはどんな役割ですか？」

「いや、それはそのときになってみないと……」

俺は、縞長の意図がよくわからなかった。だが、今さら車両での張り込みに変えてくれとも言えない。

任務は受け容れるしかない。

縞長が言ったとおり、それが警察というものだ。

「住民に不自然に思われない時刻になったら、ダミーのゴミ袋を置いて、その陰に入ってもらう」

　徳田班長が言った。「それまでは、車内で待機だ」

　おそらく徳田班長の心づかいだ。にもかかわらず、縞長はそれを受け容れようとしなかった。

「いや、私らはできるだけマンションの出入り口の近くにいたいと思います」

「路上に立つということですか？」

「ええ。そうしようと思います」

「なるべく住人に姿を見られたくないんです。そのために、ゴミ集積場にもぐり込むんですから……」

「人目につかないように気をつけます」

　徳田班長は時計を見た。

「午後十一時にはダミーのゴミ袋を並べて、監視態勢に入ります。それまでは、徒歩での監視ということにします」

「了解しました」

　縞長はそうこたえると、ドアを開けて車を降りた。俺は慌ててその後を追った。

　機捜の経験は、縞長よりも俺のほうが上だ。組んだ当初は、はるか年下であるにもかかわらず、俺はけっこう先輩面《づら》をしていた。

正直、この年で機捜がつとまるのかと疑問だった。

しかし、その後縞長は、数々の成果を上げ、俺の相棒として定着した。

そして、今回はすっかり縞長のペースだ。

俺は縞長に言った。

「玄関の周辺をうろついていたら、どうしたって目立つよね」

「そういうときは、うろついたりしないんだ」

「どうするの？」

「物陰に隠れる。それが基本だよ」

「いくら隠れたって、上階から見ればわかっちゃうじゃない」

「死角を見つける」

縞長は、マンションの前までやってきて、四方を見回した。やがて、一ヵ所を指さした。

「あそこがいい」

庇《ひさし》のある駐車場だった。マンション住人の車が並んでいる。縞長は、黒いミニバンの陰に隠れる。俺もその脇に身を潜《ひそ》めた。

「ここからだと玄関がよく見えないね……」

縞長がつぶやいた。

「でも、梅原たちの車が玄関を見張ってるはずだ」

「まあ、そうだが……」

たしかに、その駐車場は、問題のマンションだけでなく、周囲の建物からも死角になっている。

だが、よそから見られないということは、こちらからもよく見えないということだ。監視場所として理想的とは言えない。

縞長が、問題のマンションのほうを見て言った。

「贅沢《ぜいたく》は言えない。私はしばらくここにいるから、車に戻っていたらどうだね」

「シマさんに張り込みさせて、俺が休んでられると思う？」

「交代だよ。私がここでしばらく見張る。午後十一時になったら、あんたがゴミ袋の山に潜《もぐ》るというわけだ」

俺は思わず肩をすくめた。

「そういうことなら、納得するしかないな」

俺は、徳田班長の車に戻った。

徳田班長とその相棒も、交代で見張りをしている。徳田班長は助手席の背もたれを倒してくつろいでいる様子だった。

俺が戻ってしばらくすると、徳田班長が尋ねた。

「シマさんは、どういうつもりなんだ？」

「さあ、自分にはわかりません」

「相棒だろう」

「まあ、そうですが……。警察官としての経歴からすると、シマさんのほうがずっと上ですからね」

「それはわかっている。俺よりも上なんだ。それでも、相棒は相棒だ」

「機捜に馴染もうと、無理をしているのかもしれません」

「たしかに、機捜は若い隊員が中心だからな……。あの年だと何かと辛いこともあるだろう。だからといって、無理をすることはないんだ」

「自分もそう思っているんですが……」

「気をつかいすぎるのもよくないぞ」

「ですから、タメ口で話すようにしているんです」

「今、シマさんは？」

「表にある駐車場で張り込みをやっています。交代で張り込みをしようと言われまして……。次は自分がゴミの集積所に行くことになっています」

「そうか……。じゃあ、今のうちに休んでおけ」

「はい」

それきり徳田班長は、俺には話しかけなかった。運転席にいる班長の相棒は、双眼鏡で対象の部屋を見上げている。

三階の右から二番目の部屋だ。明かりがついていて、時折カーテンに人影が映るので、誰かいることは間違いない。

まだ金井の姿を確認してはいないようだ。

双眼鏡を覗きながら、運転席の機捜隊員が言った。

「しかし、俺たちに張り込みをやらせて、ウチコミだけやろうなんて、渋谷署の強行犯係も虫がいいですね」

徳田班長がこたえる。

「所轄の刑事たちは、みなそれぞれに複数の事案を抱えている。なかなか時間が取れないんだ。俺たち機捜が役に立てるんだから、それでいい」

それきり運転席の相棒は何も言わなかった。徳田班長が言ったことに納得したわけではないだろう。

俺も、機捜をパシリのように使う強行犯係のやり方は少々気に入らなかった。さきほど熊井と立ち話をしたときも、感謝やねぎらいの言葉など一切なかった。

あれが、彼らの機捜に対する認識を物語っていると言える。

だからといって、不満を言っても仕方がない。徳田班長が言うことが正しいし、そう言うしかないのだ。

強行犯係は強行犯係、機捜は機捜。お互いにやるべきことをやるしかない。俺はそう思うことにした。

3

午後十一時が近づき、徳田班長が俺に言った。

「そろそろ、ゴミ集積所での張り込みを始めていいだろう。ダミーのゴミ袋を出そう」

徳田班長が無線で縞長を呼んだ。

ほどなく、縞長がやってきた。俺と縞長の二人で車のトランクからダミーのゴミ袋を取りだし、それを抱えて集積所に行った。

すでにいくつか本物のゴミ袋が出ていた。それを外側に出し、集積所の奥に座り込むと、ダミーのゴミ袋で周りを固める。

縞長が言った。

「いい感じだ。まさか中に人がいるとは思わないだろう」

「じゃあ、シマさんは車で待機していてくれ」

「了解だ。三時間で交代するから、それまで頑張ってくれ」

足音が遠ざかっていく。

コンクリートの地面は冷たい。

まだ真冬とは言えないものの、気温は低く、尻からしんしんと冷えてくる。それでも、梱包材を詰めたダミーのゴミ袋は温かく、蒲団にくるまっているような安心感があった。

孤独だが、妙な安心感だ。小さい頃のかくれんぼを思い出した。

鬼に見つかるのではないかと、どきどきしつつも、自分だけの世界にいるような落ち着きを感じていた。あのときの気分だ。

ダミーのゴミ袋の隙間から、マンションの玄関が見えていた。ここなら出入りする者をすべて観察することができる。

金井がマンションから出て行っても、また逆に外から戻ってきても、すぐにわかる。

十二時前後に、五人の住人が帰宅した。サラリーマン風の中年男性が二人、三十代と思われる女性が一人、若い男性が二人だ。

いずれも、金井ではない。

それから一時間ほどして、両手にゴミ袋をさげた五十代くらいの女性が玄関から出て来た。ゴミを捨てに来たのだ。

俺は、少しばかり緊張した。またかくれんぼの感覚を思い出す。

主婦らしいその女性は、ゴミ袋を置くと、そそくさと戻って行った。俺にはまったく気づかなかった。

まさか、ゴミ袋の山の中に人が潜んでいるとは誰も思わないだろう。それが狙い目だ。

それから、さらに二人、ゴミ出しに来た者がいた。だが、金井の姿はない。

コンクリートにじかに座っていたので、尻が痛くなってきた。何度も身じろぎをするが、次第に拷問《ごうもん》のように思えてきた。

ある時間帯から、ぴたりと人の動きがなくなった。俺は、ただひたすらコンクリートの冷たさと尻の痛さと戦っていた。

受令機のイヤホンから徳田班長の声が流れてきた。

「機捜235。こちら班長。交代の時間だ。今交代要員が向かった」

俺はほっとした。無線なので、固有名詞は出さなかったが、交代要員が縞長であることは間違いなかった。

やがて、足音が近づいてきた。そして、縞長の声がした。

「起きてるかい」

ごそごそとゴミ袋をかき分ける音がする。縞長の顔が覗き込んできた。俺は立ち上がろうとして思わず声を上げそうになった。

膝《ひざ》や足首がすっかりこわばってしまっており、立ち上がろうとすると痛んだ。縞長が手を貸してくれた。

「じゃあ、交代だ」

「あのさ、コンクリートの地面が最悪なんだ。冷たいし、ケツが痛いし……」

縞長は手にしたものを俺に見せて、にっと笑った。小型の座布団だった。さすがにベテランは用意がいい。

「そういうの持ってるんなら、早く言ってよ」

「当然何か下に敷いていると思ったんでな」

縞長が、俺の居た場所に座り込む。俺は周囲に人がいないことを確かめつつ、縞長の周りにゴミ袋を並べ、さらに重ねていった。中から、縞長がゴミ袋の位置を調整して、のぞき窓を作っている。

「オーケーだ。車で待機していてくれ」

縞長にそう言われて、俺はもう一度周囲を見回してから、車に向かった。


「お疲れだったな」

車に戻ると、徳田班長が声をかけてきた。

「いや、尻が痛いし、膝が固まっちゃうし……。楽じゃないですよ」

「シマさんには気の毒だな」

「一時間ほどで交代したほうがいいんじゃないかと思います」

「実は、おまえが張り込みをやっている間、俺もシマさんにそう言ったんだ」

「シマさんは、何と言いましたか」

「ウチコミまで張り込みをやりたいと……。自分が玄関を見張っていなきゃ意味がないんだというようなことを言っていた」

「自分にもそんなことを言っていました」

俺は面白くなかった。

つまり、俺が役立たずだということじゃないか。

「そう言えば、高丸には自分にできない重要な役割があると、シマさんが言っていたな。その役割って何なんだ？」

徳田班長に尋ねられて、俺は首を捻《ひね》った。

「さあ、自分にもわかりません」

「そのときになってみないとわからないと言っていたなあ……」

「そうでしたね」

「まあ、俺たちの役割はウチコミまでの監視だ。渋谷署強行犯係の到着を待っていればいい」

「そうですね」

こういう張り込みはたいていい、何事もなく終わる。でなければ、機捜に任されたりはしないだろう。

シマさんが交代したくないというのなら、それでいい。強行犯係のウチコミが終わるのを待ち、そのまま引きあげるだけだ。

俺はそう思って、シートにもたれた。


携帯電話が振動したのは、午前三時頃のことだった。縞長からだった。

「はい、高丸」

「今玄関から、女が出てきた。茶色の長い髪に、ベージュのコート、黒いヒール」

「は……？　女？」

「尾行して、行確《こうかく》してくれないか」

行確は行動確認の略だ。

俺は訳がわからないままこたえた。

「わかりました。ベージュのコートの女ですね」

電話をかけながら、すでに後部座席のドアを開けていた。

「どうした？」

徳田班長が尋ねた。俺は携帯電話をしまってこたえた。

「シマさんから、行確要請です」

車のドアを閉めて駆け出した。マンションの裏手から正面側に回る。

いた。縞長が伝えてきた風体《ふうてい》どおりの女性が歩いてくるのが見える。俺は、マンションの角に身を隠し、その女をやり過ごす。

そして、尾行を始めた。

いったい何者だろう。

俺たちの役割は、金井が潜伏しているらしい部屋を監視することだ。それなのに、どうして見知らぬ女性の行動確認などしなくてはならないのだろう。

疑問はたくさんある。だが、今はとにかく、尾行に専念することだ。対象者に気づかれず、なおかつ見失わないようにしなければならない。

女は東急本店のほうに進み、やがて裏通りに入っていった。円山町のホテル街だ。

何だ……？　フーゾク嬢か何かか……。

俺はそう思いながら尾行を続けた。

やがて、女はラブホテルに入って行った。一人でこういうホテルに入るのは、連れが、部屋で待っているか、後から来るかだ。

あるいは、やはりフーゾク嬢の類かもしれない。

また携帯電話が振動した。縞長だ。

「どんな様子だね？」

俺は、彼女がラブホテルに入ったことを告げた。

「そうか。一人だな？」

「一人です」

「監視を続けてくれ」

「シマさんはまだゴミの中ですか？」

「いや、もう車に引きあげている。今、班長と話をしていたところだ」

「え、張り込みを中断したんですか？」

ますます訳がわからない。

「あとで詳しく説明する。とにかく、監視を続けてくれ」

「わかりました」

そう言うしかない。

俺は携帯電話をしまって、ホテル街の歩道で張り込みを始めた。午前三時過ぎ。こんな時刻でも、時折カップルが通り過ぎていく。

明らかに訳ありな、年齢差の大きいカップル。べろべろに酔った若いカップル。渋る女性をなんとかホテルに連れ込もうとする男性……。

いろいろな人生を垣間《かいま》見ることができる。通り過ぎる男女を眺めていると飽きなかった。

もちろん、行動確認の対象者のことをおろそかにしていたわけではない。

彼女はホテルに入ったままだ。フーゾク嬢だとしたら、一時間か二時間で出てくるはずだ。

いや、縞長がわざわざただのフーゾク嬢の行動確認を指示するわけがない。金井の事情を詳しく知っている女なのかもしれないと、俺は思った。

どれくらい時間が経っただろう。俺は、尿意を覚えはじめていた。

近くのコンビニの位置は確認してあった。そこに走れば用を済ますことができる。だが、その間に対象者が動きだすかもしれない。

行動確認は一瞬たりとも目を離すことができないのだ。

まいったな……。

そう思っていると、後ろから肩を叩かれた。俺は驚いて振り向いた。

渋谷署強行犯係の熊井だった。

俺は言った。

「驚いたじゃないか。なんであんたがここに……」

「ウチコミの現場に向かっている途中に、係長から電話があった。ここに機捜隊員がいるから様子を見てこい、と……」

「助かった。ちょっと用足しをしてくるからここを頼む」

「何がどうなっているんだ？」

「女の行動確認中だ。茶色の長い髪で、ここに入るときはベージュのコートを着ていた」

「女……？」

「とにかく、頼む」

俺はコンビニまで駆け、小用を足し、缶コーヒーを二つ買った。

持ち場に戻ると、缶コーヒーの一つを熊井に渡した。

「気がきくな」

「ただでトイレを借りるのも悪いと思ってな。様子はどうだ？」

「それらしい女は出てこない。どうみても女子高生みたいなのが、オヤジと手を組んで出て来て、とっ捕まえてやろうかと思った」

「生安課じゃないだろう」

「関係ねえよ。ところで、どういうことなのか説明しろ」

「俺にもわからないんだ。張り込みをやっていたシマさんから突然電話があった。行確してくれって……」

「電話？　無線装着しているんだろう？　なんで無線を使わなかったんだ？」

言われてみればそうだ。

「知らないよ。あんた、係長に何て言われたんだ？」

「機捜がいるから、とにかく行ってみろって……。俺も訳わかんないんだよ」

「とにかく、見張るしかないな」

熊井は、周囲を見回した。

「空が白んできた。日の出と同時にウチコミだ」

しょんぼりとしている。まあ、無理もない。ウチコミに参加できないのだ。つまり、本筋から外されたということだ。

やがて、夜が明けた。

俺は言った。

「今頃、金井の身柄が確保されているかもしれないな」

「ああ……」

熊井が心ここにあらずといった様子で返事をする。

例の女はまだホテルから出てこない。もう一度縞長と連絡を取ってみようか。俺がそう思ったとき、ばたばたと複数の人たちが駆けてくる足音がした。

そちらを見て俺は驚いた。十人ほどの男たちが駆けてくる。その中には徳田班長や縞長の姿もあった。

熊井が言った。

「強行犯の連中だ……」

つまり、強行犯係の捜査員たちと機捜隊員が駆けつけたということだ。いったい、何事だろう。

俺と熊井は呆然と立ち尽くしていた。

渋谷署強行犯係の係長が熊井に言った。

「当該の人物は？」

「マンションから出て来たという女ですか？」

「そうだ」

「まだ、ホテルの中ですが……」

「どこの部屋か、確認してこい」

「え……。どういうことです？」

係長は苛立たしげに言った。

「捜索令状が届き次第、ウチコミをかける。部屋を確認してこい」

「はい」

熊井がホテルの中に駆けていった。

ホテルにウチコミ……。いったい、どういうことだ……。

俺は、訳がわからぬままだった。

強行犯係長と徳田班長がてきぱきと指示を飛ばし、捜査員と機捜隊員でホテルの周辺を固めた。

「シマさんと高丸はウチコミに参加する。ここで待機だ」

俺は縞長に尋ねた。

「どういうことなんです？」

「マンションのウチコミが空振りだったんだよ」

「空振り……？」

「そう。部屋は無人だった」

「金井が潜伏していたという情報は……？」

「間違いなく潜伏していたはずだったんだ。だから、やつは私らの監視をかいくぐってマンションを抜けだしたということになる」

俺は、あっと思った。

「あの女……」

そのとき、捜索差押許可状が届いた。強行犯係長が言った。

「よし、行くぞ」

熊井の案内で、問題の人物が潜伏していると思われる部屋に向かう。

ドアを叩いて、捜査員が大声で言う。

「警察です。ドアを開けてください」

何度か同じ言葉が繰り返されるが、何の返事もない。

熊井がフロントから合い鍵を入手していた。こいつ、口だけじゃなくて、やることはやるじゃないか。俺はそれを見てそんなことを考えていた。

捜査員が鍵を使い、ドアを開ける。

そして、捜査員が突入。あっという間に、中にいた人物を確保した。

俺の隣にいた縞長が言った。

「間違いない。金井実だ」

金井は、紺色のスカートに黒いストッキングという出で立ちだった。だが、髪型は短髪だ。ソファの上に茶色のカツラが投げ出してあった。

俺は縞長に言った。

「女装していたわけですね」

金井はスカート姿のまま捜査員たちに連行されていく。

熊井が俺のところに来て言った。

「たまげたな。ここに潜伏していたのが金井だって知っていたのか」

「まあね」

本当は何も知らなかったが、そう言ってやった。縞長は何も言わずうなずいていた。

強行犯係の捜査員たちが、金井の身柄とともに去って行くと、徳田班長が言った。

「またシマさんのお手柄だったな」

俺はまだ狐につままれたような気分でいた。

「シマさんは、金井がマンションを抜け出すのを予測していたということですか？」

「俺もそれが知りたい。どうして、金井の行動が予測できたのか……」

縞長は、いつもと変わらないひかえめな態度で言った。

「だって、潜伏先を監視するというのは、当然そういうことに対する備えが必要なわけでしょう」

徳田班長がうなずく。

「たしかにそのとおりです。だが、言うは易《やす》し、でなかなかそうはいかない。被疑者に裏をかかれることもあります」

「金井は、前にも変装をして潜伏先から逃走を図ったことがあったんです」

俺は言った。

「それにしても、女装とは……。女装をしていたら、人相もわからないでしょう」

「いや、見当たり捜査を経験した者なら、どんな変装をしていても見破れます」

徳田班長が尋ねた。

「そういう話を聞いたことがありますが、俺には信じられないですね。いったい、どうしてわかるんです」

「眼です」

「眼……」

「そうです。どんな変装をしようと、太ろうと痩せようと、鬚《ひげ》を生やそうと、また整形手術をしようと、眼だけは変えられないんです。だから、私らは眼を見ればわかります」

「なるほど……」

俺は言った。「それで、なるべく玄関の近くで張り込みをしたかったんだね？」

「そう。離れた場所だと、眼を確認することができない。ゴミの集積所は理想的な張り込み場所だと思った」

「先に俺にゴミの中で張り込みをさせたよね。そのあいだに、金井が出てくるとは思わなかったの？」

「もし、金井が行動を起こすなら、未明から夜明けにかけてだと読んでいたんだ」

「金井がマンションを出たことが確認できたら、俺に尾行して行確させるつもりだったんだね？」

「万が一、追っかけっこになったら、この年じゃ辛いからね」

「シマさんにはできない、俺の重要な役割って、そういうことだったのか」

「すみやかに行確をやってくれたんで、金井を検挙できたんだよ」

そう言われて悪い気はしない。

「もう一つ訊いていい？」

「何だい」

「無線じゃなくて、携帯で俺に電話してきたのはなぜ？」

「無線はみんなが聞いていて、大事《おおごと》になりかねないだろう。金井らしい人物に気づいたが、私だって百パーセント自信があったわけじゃない」

「俺も話を聞いて半信半疑だった」

徳田班長が言った。「渋谷署の係長に相談したら、いちおうバックアップをつけようということになって……」

それで熊井がやってきたわけだ。

徳田班長の説明がさらに続いた。

「俺たちが本気でシマさんの言葉を信じたのは、マンションの部屋が空だとわかったときだった。渋谷署の係長は、ホテルに向かうとき、藁《わら》にもすがる気持ちだったに違いない」

俺は徳田班長に尋ねた。

「渋谷署強行犯係に恩を売りましたね」

徳田班長はうなずいた。

「シマさんのおかげだ」

縞長が肩をすくめて言った。

「強行犯係の連中は、恩義なんて感じないでしょう。それが機捜の仕事ですよね」

「そうですね」

徳田班長が言った。「それが機捜です」

二人が言うとおりだ。

捜査員の礼など期待しないで、黙々と任務をこなす。それが機動捜査隊の誇りだと、俺は思っていた。

本領

1

俺は少しばかり緊張していた。

渋谷署の講堂の前だ。

別に講堂が珍しいわけではない。俺が所属している第二機動捜査隊・第三方面担当の分駐所は渋谷署内にあるので、何度も訪れたことがある。

俺は出入り口の手前で立ち止まり、脇に張り出された縦長の墨跡を眺めていた。

捜査本部名だ。警察内の符丁《ふちょう》で「戒名《かいみょう》」と呼ばれる。

「金属バット連続殺人事件捜査本部」と書かれていた。

俺たち機動捜査隊、略して機捜の役割は、第一に初動捜査だ。事件が起きたことを無線で知ると、すぐさま現場に駆けつける。

たいていは所轄の地域課が先に来ているが、捜査に着手するのは機捜の役目だ。現場を保存して鑑識を待ちつつ、目撃情報などの証言を集める。

次に大切な役割は、密行だ。俺たちは、機捜車と呼ばれる覆面パトカーに乗っている。車載の無線にはコールサインが割り当てられていて、俺たちのは機捜235だ。

その機捜車で、受け持ちの区域を巡回するのだ。不審者や不審な車両を発見したら、職質をしたり、車内を調べたりする。

　それで犯罪を発見して検挙することも少なくない。

　その他、機捜は家宅捜索や張り込みなどいろいろなことに駆り出される。

　捜査本部にも呼ばれることがある。大規模な捜査本部の場合、所轄の刑事課と警視庁本部の捜査課だけでは人員が足りず、マンパワーとして集められるのだ。

　今回がそうだった。

　俺たちだけでなく、徳田一誠警部が率いる班の全員が捜査本部に参加するように言われた。

　二百人態勢の大きな捜査本部だということだ。

「やあ、高丸」

　俺は名前を呼ばれて振り向いた。

　相棒の縞長省一だった。白髪頭で見かけは冴えない。

「シマさん。これからしばらくは捜査本部に詰めることになるかもしれないね」

　縞長はいつになく渋い表情になった。

「できれば、さっさと片づけてほしいね」

「そりゃ、事件は早く解決するに越したことはないけど……」

「捜査本部に長居したくないんだよ」

「なんで？」

すると縞長は、ますます渋い顔になった。

「捜査本部には、いい思い出がないんだ」

どうしてだろう。それを質問する前に、縞長は歩き出した。俺はそのあとを追った。

縞長が捜査員席の後方に座ろうとする。俺は彼に言った。

「もっと前のほうに行かない？」

「いや、私はここでいい」

まあ、経験豊富な縞長が言うのならそれに従おう。俺はそう思って腰を下ろした。すると、そこに一人の捜査員が近付いてきた。四十代半ばの男だった。

「シマさんじゃないですか」

その男が言った。縞長は顔を上げ、一言こたえた。

「ああ、石黒《いしぐろ》か……」

「こんなところで会うとは……。シマさん、渋谷署の刑事課ですか？」

「いや……」

石黒と呼ばれた男は、俺のほうを見て言った。

「あれ、機捜の人だよね？」

俺はこたえた。

「そうですが……」

「どうしてシマさんの隣りにいるんだ？」

「どうしてって……。相棒ですから……」

彼は一瞬、怪訝そうな顔をした。

「相棒って……。つまり、シマさんも機捜ってことか？」

「そうですよ」

「こりゃあいい……。ついに、シマさんも機捜までたどり着いたってわけですね。先が楽しみですね」

明らかに皮肉だ。俺はかちんときた。

「先が楽しみって、どういうことですか」

「機捜で実績を上げれば、本部の捜査一課に抜擢《ばってき》されるかもしれない」

この言葉も不愉快だった。

たしかに、俺も含めて機捜隊員の多くは、捜査一課に配属されることを望んでいる。だが、そこに所属している者が「抜擢」という言葉を使うのは、優越感の表れだ。

「機捜には機捜の役目があるんです」

「そうだな。俺たちの手足となって走り回る役目がな。シマさん、まあ、せいぜい頑張ってください」

そう言うと、石黒は歩き去った。

俺はシマさんに言った。

「何です、あれは……」

「昔、所轄で彼と組んでいたことがあるんだ」

「刑事になってからですか？」

「そう。知ってのとおり、私は四十過ぎてからようやく刑事になれた。石黒は私よりも十歳ほど年下だが、すでに刑事だったわけだ。お互い刑事になったばかりだが、彼には勢いとやる気があった。一方、私はヘマばかりでね……。彼にずいぶんと迷惑をかけた」

「ヘマばかり……」

「話したことがあるよね。私はダメな刑事だったんだ。見当たり捜査に活路を見いだすしかなかったんだ」

捜査幹部が入室してきて、捜査員たちが一斉に立ち上がった。捜査会議が始まる。

事件は昨夜十一時過ぎに起きた。山手通りの路上で人が倒れているという通報があった。それ以前に、人が争っているという複数の通報もあった。

山手通りの地下を走る首都高速中央環状線の富ケ谷《とみがや》出口のそばだった。通報によると、その出口から出て来た車両同士のトラブルだったようだ。

倒れていた人物は、警察と救急車が駆けつけたときにはすでに死亡していた。全身を鈍器で殴られていた。

殴打《おうだ》の跡は上半身に集中しており、頭部への打撲が致命傷となった。頭蓋骨《ずがいこつ》が陥没《かんぼつ》骨折して、脳が損傷していた。

すさまじい衝撃だったことを物語っている。

管理官による説明が続いていた。

「目撃証言や防犯カメラの映像から、被疑者が判明している。宮原勇太《みやはらゆうた》、三十五歳。自称自営業」

それを聞いた縞長がつぶやいた。

「宮原か……。やはりな……」

「知ってるやつですか？」

「会ったことはないがな」

管理官が続けて言った。

「七ヵ月前に起きた殺人事件で指名手配されている」

それを聞いて、俺は納得した。

縞長は、何百人もの指名手配犯の人相と特徴、そしてその手口を記憶しているのだ。

管理官が言った。

「これから、手配書のコピーを配るので、各員、宮原の人相を眼に焼き付けておけ。では、地取り、鑑《かん》取り、遺留品の班分けを発表する。すぐに捜査に当たってくれ」

捜査本部では、捜査一課の捜査員と、所轄の係員が組むのが通例となっている。所轄の係員は地理に明るいし、地元の事情もよく知っている。

口の悪い捜査員は、これを「道案内」と呼んでいる。

機捜も、捜査一課の連中と組むことになるだろうと、俺は思っていた。案の定、俺の相手は捜査一課だった。

驚いたことに、石黒と組まされることになった。

縞長の相手は、やはり捜査一課の若手だった。

俺と石黒は鑑取り班だ。鑑取りといっても、すでに被疑者が判明しているので、実際にはその足取りを追う捜査ということになる。

被疑者の居所を知っていそうな知人を当たる。もしかしたら、被疑者は知人のもとに身を寄せているかもしれないのだ。

「出かけるぞ」

石黒が俺に言った。偉そうな態度だ。まあ、俺よりも十歳ほど年上のようだから、文句は言えない。警察は階級の差とともに、年齢差ものを言う世界だ。

俺が「はい」と返事をすると、石黒は言った。

「おまえ、機捜車を持っているな」

「分駐所用の駐車スペースに置いてありますが……」

「そいつを使おう」

捜査本部に参加するほとんどの捜査員たちは、車両など使えない。捜査車両は限られている。たいていは、電車やバスといった公共の交通手段で移動する。

「自分はいま、捜査本部の一員ですから、勝手に車両を使用するのはどうかと思いますが」

石黒は顔をしかめた。

「いいんだよ。駐車場に取りに行け。俺は明治通りに出て待ってるから」

いっしょに駐車場に行くつもりはないらしい。やはり後ろめたいからだろう。署内で待たずに、明治通りまで出て待つと言ったのもそのせいだろう。

まあ、ここで逆らっても得はない。誰かに文句を言われたら、そのときに対応を考えればいい。

俺は言われたとおりに機捜車を取りに行き、駐車場から明治通りに出た。石黒は歩道で待っていた。渋谷署から少し離れた場所だ。

このまま置き去りにしたらどうなるかな……。

俺はそんなことを考えながら、車を端に寄せた。停車すると、すぐに石黒が助手席に乗り込んで来た。

「やっぱり、覆面車の助手席は狭いな」

「いろいろな機材がありますからね」

「PDA端末がなくなったんだな」

「みんながスマホを持ってる時代ですよ。時代遅れのものは消えていきます」

突然サイレンが鳴り、俺は驚いた。石黒がスイッチのペダルを踏んだようだ。

「気をつけてください」

俺がそう言いながら、ちらりと顔をうかがうと、彼は笑いを浮かべていた。

どうやら誤ったわけではなく、わざとペダルを踏んだようだ。

「目立つことはやめてください」

「覆面車に乗ったら、やってみたくなるじゃないか」

大人げのないやつだな。俺はひそかにそう思っていた。

被疑者の自宅は足立区千住元町《せんじゅもとまち》だというので、そちらに向かった。まずは身内から攻めることにしたのだ。

渋谷から足立区まではかなりある。ずっと無言でいるわけにもいかない。

俺は石黒に言った。

「シマさんと組んだことがあるんですって?」

「ああ……」

石黒は苦笑した。「ずいぶん昔のことだ」

「刑事だったんですよね？」

「ああ。俺もシマさんも、刑事になりたてだった。あの人と組まされると決まったとき、俺よりも十歳くらい上だというんで、てっきりベテラン刑事だと思った。だが、二人とも刑事になりたてだということがわかった。若い俺のほうが、刑事歴は一年長かったんで驚いたよ」

「捜査本部とかも経験されたんでしょうね？」

「そりゃあ、刑事やってりゃ経験するさ」

「シマさんは、捜査本部にいい思い出がないって言ってました」

石黒はふんと鼻で笑う。

「そうだろうな。あの人は、捜査本部ではまるでいいところがなかったからな……」

「いいところがなかった……」

「ダメな刑事だったからな。組んでた俺は、ずいぶんと迷惑を被《こうむ》ったよ。おまえも苦労してるんじゃないのか？」

なんだか腹が立ってきた。

「自分はシマさんに助けられています」

「やっぱり機捜ってのは程度が低いんだな」

「人は変わるんですよ」

「あの人が刑事になったのは、四十過ぎてからだぞ」

「知ってます」

「それから人がどれだけ成長できると思う？　どう考えたって、若い者の伸びしろのほうが大きいだろう」

「シマさんは変わったんです。人一倍苦労したようです」

「あの人は、刑事には向いてないんだよ。その証拠に、今になって機捜をやらされているんだ」

こいつは明らかに機捜を見下している。いや石黒だけではない。捜査一課の連中はみんな、機捜のことなんて眼中にないのだ。

「きっとシマさんは、今回の捜査でも実力を発揮してくれますよ」

石黒は声に出して笑った。

「そいつは面白い冗談だな」

こいつは、見当たり捜査員だった縞長を知らない。俺はこれまで、縞長のその能力にずいぶんと助けられたのだ。

縞長は、その能力とこれまでの経験を活かして、今回の捜査本部でも活躍してくれるに違いない。そうなれば、石黒の鼻を明かすことができる。

宮原勇太の自宅は、空き家になっていた。近所の人によると、宮原が指名手配されて間《ま》もなく、両親が逃げるようにどこかに引っ越して行ったということだ。

宮原の中学の同級生を何人か当たったが、中学時代から手のつけられない不良で、関わり合いになりたくなかったと、全員が口をそろえて言った。

宮原の所在については、まったく手がかりはなかった。

午後六時過ぎに、石黒が言った。

「引きあげるとするか。地元では手がかりが得られないかもしれない」

「もう少し当たってみましょう。親しかった人がまったくいないわけではないと思います」

「残りたきゃ残りな。ただし、車はもらうぞ」

大切な機捜車を、石黒に運転させるわけにはいかない。

「わかりました。帰りましょう」

2

午後七時前に、渋谷署の捜査本部に戻った。石黒が管理官に、聞き込みの報告をする。

俺はただ石黒の後ろに突っ立っているだけだった。

管理官に直接口をきく度胸はない。それに、報告はすべて石黒が済ませてしまった。聞き込みのときも、質問は石黒の役目だった。

これでは、ただの運転手じゃないか。

俺は思った。あながち、「道案内」という言い方は間違いではないかもしれない。

午後八時から夜の会議の予定だ。

七時半頃、縞長たちが帰ってきた。俺が近づいて行くと、縞長のほうから声をかけてきた。

「やあ、どうだい？」

俺は声を落として言った。

「石黒さんは、なんと言うか……、まあ、思ったとおりの人だなあ」

「若い頃からやる気まんまんのタイプだった。捜査一課にいるということは、順調に実績を重ねてきたんだね」

「そちらはどう？」

縞長たちは地取り班だった。現場周辺で手がかりを探すのだ。

彼は小さくかぶりを振りながら言った。

「宮原はね、ひどく凶暴なやつで、指名手配されることになった事件でも、今回と同様にバットで人を殴り殺している」

「今回は、首都高での車同士のトラブルが原因のようだね。このところ、路上でのトラブルが問題になっていたけど……」

「前の事件でも、ちょっとしたことが原因で口論になった相手を殴り殺したんだ。キレると前後の見境がなくなる」

「そんなやつなら、すぐに捕まりそうですけどね」

「やつは、驚くほど何事にも執着がない。だから、足取りがつかめないんだ」

「執着がない……？」

「そう。例えば、喧嘩になった現場に荷物が残っていたとしても、決して戻って来ない。今回も、車を残したまま姿を消したそうだ。付き合った女のところも、一度出たきり二度と戻らなかった。そういう特殊なやつなんだ。物や人に、まったく執着がないので、鑑取りが難しい」

「サイコパスってやつ？」

「どうかね。私は精神科医じゃないので、そういうことはよくわからない。ただ、普通じゃないことは確かだ」

「シマさん、やつの人相はよく知ってるんだろう？」

「ああ。頭の中に叩き込んであるよ」

「だったら、何度かやったように、やつを確保してみせてよ」

「いやあ、どうだろうね……」

いつもの謙遜《けんそん》かと思った。だが、どうやらそういうことではなさそうだ。どこか元気がない。俺はそれに気づいた。

「どうしたんだ？　気分でも悪いの？」

「いや、別に何でもないが……」

「なんだか、様子がおかしいよ」

縞長は一瞬、躊躇《ちゅうちょ》したような態度を見せた。ごまかそうと思ったのだろう。だが、思い直したように言った。

「言っただろう。捜査本部にいい思い出がないって。こうやって大勢の捜査員が集まっている場所に来ると、萎縮《いしゅく》しちまうんだ」

俺は驚いた。

「へえ……。シマさんは経験豊富だから、どんなときでもどっしり構えているものと思っていたから、意外だな」

「経験が豊富だから萎縮することもある」

「どういうこと？」

「嫌な経験や辛い経験がたくさんあると、マイナスのイメージが刷《す》り込まれるじゃないか。

そうなると、できることもできなくなる」

「新人刑事時代に、そうとう嫌な思いをしたんだね」

「四十過ぎて新米刑事だからね。うろたえてばかりだった」

「でも、それは見当たり捜査をやる前のことだろう？　シマさんは変わったはずだ」

「変わったと思いたいね」

「だったら、それを証明すればいい」

「証明？」

「シマさんの能力で、宮原を見つければいいんだ」

「そうだな……」

そう言いながら、まったく自信がなさそうだった。

「シマさんだけの問題じゃないんだ」

俺が言うと、縞長は怪訝そうな顔を向けてきた。

「どういうことだね？」

「俺は、あの石黒のやつに思い知らせてやりたいんだ」

縞長は、しげしげと俺を見ている。俺は続けて言った。

「あいつは、機捜を見下しているんだ。だから、見返してやりたいんだよ」

縞長は肩をすくめた。

「捜査にそういう私情を挟むもんじゃないよ」

「私情じゃない。これは機捜としての意地だ」

「そりゃあ、私も宮原を見つけたいと思うよ。でも……」

そこまで言って、縞長は周囲を見回した。「どうしても自信が持てないんだ」

「俺と組んで、いくつも実績を上げてきたよね」

「そうだな」

「じゃあ、それと同じことをやればいいんだ」

「それと同じこと……？」

「シマさんと組んでるのは、あそこにいる若いやつだね？」

「そう。捜査一課の相田《あいだ》っていうんだ」

俺は縞長を伴って相田に近付いた。

「俺、高丸っていうんだけど……」

「はい、何か？」

「いつもシマさんと組んでるんだ」

「ああ、機捜の方ですか」

「それで、普段使っている機捜車があるんだけど」

「はあ……」

「それを使ってくれないか？」

「は……。どういうことですか？」

「手柄を上げたいだろう？」

「いや、自分はそんな……」

「シマさんを助手席に乗せて巡回すれば、被疑者を発見できるかもしれないんだ」

「え、どういうことですか？」

　俺は縞長に尋ねた。

「話してないんですね」

「ああ、何も言ってない」

　相田が俺に尋ねる。

「いったい、何の話ですか？」

「シマさんは、かつて見当たり捜査員だった。指名手配犯の人相がしっかりと頭に入っている」

「被疑者の人相なら我々も知ってますよ。写真が配布されましたから」

「見当たり捜査を知らないのか？　彼らはただ知っているだけじゃない。ちらっと見かけただけで指名手配犯を見つけることができる。変装していても、整形手術していても発見できるんだ」

相田が縞長を見つめた。

「整形手術していても……」

「機捜車で巡回しながら、シマさんは何度も指名手配犯を発見している。だからさ……」

相田がこたえた。

「わかりました。車が使えてラッキーです」

縞長が俺に言った。

「でも、いいのかね。勝手に車を使ったりして……」

「機捜の特権ですよ。被疑者を確保できれば、誰も文句は言わないはずです」

縞長は気乗りしない様子だ。だが、俺はもう彼らに機捜車を使わせることに決めていた。


「車がないって、どういうことだ？」

翌日の午前中に、聞き込みに出かけようとして、石黒が言った。俺はこたえた。

「機捜車は別な人が使うことになりました」

「別な人って、誰だ？」

「シマさんです」

石黒は舌打ちをした。

「なんでそんなことになったんだ。取り返してこい」

「自分らが使うより、シマさんが使ったほうがいいと思ったからです」

「ばか言うなよ。シマさんに何ができるってんだ」

「まあ、見ていてください」

「いいから、車を取り返してこい」

「石黒さんと組んでいたときのシマさんがどうだったかは知りません。でも、警察官として先輩なのは間違いないでしょう。今日一日くらいシマさんに車を使ってもらったっていいでしょう」

「おまえは黙って言うことを聞いていればいいんだよ」

「そうはいきません。機捜車は本来は機捜の任務に使うためのものです」

「おまえ、強情だな」

「そうですかね」

石黒はまた舌打ちをした。

「しょうがねえな。今日は電車で移動するか……。だが、今日一日だけだぞ」

一日あれば、縞長は何か手がかりをつかんでくれるに違いない。

「わかりました」

その日は、地下鉄で北千住《きたせんじゅ》まで行くことにした。石黒は一日中機嫌が悪そうだった。

午後七時頃、捜査本部に引きあげてきた俺は、縞長の姿を探した。まだ戻っていないので、電話をかけてみることにした。

呼び出し音、三回で出た。

「はい、縞長」

「どんな感じ？　手がかりは？」

「おい、そう簡単にはいかないよ」

「機捜車をシマさんが使えるのは今日一日だけなんだよ。石黒が取り返せって……」

「おい、呼び捨てはまずいだろう」

「明日からはまた、シマさんは車なしだ」

「私はかまわんよ」

「効率が落ちるでしょう」

「見当たり捜査はね、車があるから有利とは限らないんだ」

「でも、機捜車で密行しているときは、間違いなく成果を上げていたんだ」

「それは、高丸のツキのおかげじゃないかね」

「俺にツキなんてないよ。とにかく、何か手がかりをつかんでもらわないと困るんだ」

「こっちこそ、そんなことを言われても困るね」

やはり弱気になっているのだろうか。かつて捜査本部でうまくいかなかった経験が尾を引いているのだ。

　俺は言った。

「いいかい。シマさんは変わったんだ。それを証明するチャンスなんだ。これを逃しちゃいけない」

　しばらく間があった。やがて縞長が言った。

「すまんが、あまり期待しないでくれ」

　俺は溜め息をついた。

「とにかく、頑張ってよ」

「捜査会議までには戻る」

　電話が切れた。

　こんなに覇気《はき》がない縞長は初めてだった。普段からやる気を前面に出すタイプではないが、着実に結果を出してくれる頼もしさがあった。

　今はそれが感じられない。これじゃ、被疑者確保など望むべくもないな。俺はそんなことを思っていた。

　翌日は約束どおり、機捜車を石黒と俺が使うことにした。出かける前に俺は、縞長に言った。

「機捜車に乗れば、いつものように実力を発揮できると思ったんだけどな……」

「そうそううまくいくもんじゃないよ」

「やる気を出してほしいな」

「やる気はあるんだよ。だが……」

「シマさんよりずっと若い俺が言うのもナンだけどね。一つ言わせてもらうよ」

「何だい？」

「捜査本部にいい思い出がないと言ったよね？」

「ああ」

「なら、これからいい思い出を作ればいいんだ」

縞長は俺の顔を見つめた。

俺は照れくさくなってさらに言った。

「この捜査本部でいい思い出を作ればいいんだよ。じゃあね」

縞長は、その場に立ち尽くしていた。俺は彼を残して機捜車がある駐車場に向かった。

一昨日と同様に、明治通りで石黒を拾った。助手席に乗り込むと、彼は言った。

「やっぱり車がないとな……」

「自分はやはり、もう若くないシマさんに車を使ってほしいと思います」

「おまえは、俺の言うことをおとなしく聞いていればいいんだ。何度言えばわかるんだ」

「はあ……」

こういうやつに出会うと、捜査一課に行く気が萎《な》えてくるな。俺はそんなことを思っていた。

石黒が言った。

「車があったって、シマさんは何もできないよ」

俺はむっとして言った。

「そんなことはないと思います」

「おまえがどう思おうが勝手だがな。それが現実ってもんだ」

なんとかこいつに思い知らせてやりたい。俺はそう思いながら聞き込みを続けた。相変わらず質問をするのは石黒で、俺は運転してメモを取るだけだ。

「宮原なら、地元に戻ってるかもしれねえな……」

夕刻になって、そんな証言に出合った。話してくれたのは、北千住駅の近くで呼び込みをやっていた三十代半ばの男だった。なんでも中学時代に宮原と少しばかり関わりがあったということだ。不良少年同士の付き合いだ。

石黒が尋ねた。

「それは確かか？」

「見かけたってやつがいたんだよ」

「いつのことだ？」

「俺が話を聞いたのは昨日のことだよ。見かけたのがいつかはよく知らない」

「見かけたと言ったのは誰だ？」

「俺のコレですよ」

その男は小指を立てた。「そいつとも中学時代からの付き合いでしてね……」

「話を聞けるか？」

「まだ寝てるかもしれねえな」

石黒は強引に住所を聞き出した。相手が寝ていようが飯を食っていようが、刑事は頓《とん》着《ちゃく》しない。

訪ねて行くと、女は身支度の最中だった。呼び込みの男と同様に、三十代半ばで、水商売らしい。出勤の準備をしているのだ。

石黒が宮原のことを尋ねると、女はこたえた。

「ちらっと見ただけで、確かなことは言えないけど、宮原のやつだったと思う」

「どこで見かけたんだね？」

「北千住の駅よ」

「いつのことだ？」

「渋谷のほうで事件を起こしたんでしょう？　その日の終電近くだったと思う」

「まだこのあたりにいると思うか？」

「さあね。それはわからない」

石黒はうなずいて、名刺を出した。

「何かあったら、連絡をしてほしいんだが……」

女は受け取った名刺をちらりと見てから言った。

「宮原のやつ、早く捕まえてよね。あいつがうろうろしていると安心して暮らせない」

「何か怨《うら》みでも買ってるのかい？」

「あいつは怨みなんかなくたって、かっとなると人を殺すようなやつだ。歩く爆弾だよ。あんなやつと知り合っちまったことを、つくづく後悔してる」

地元でも嫌われ者なのだ。

俺は縞長に電話をかけた。

「北千住駅で宮原を見かけたやつがいる」

「ああ、ちょうど今北千住にいるよ。相田に頼んで、別行動を取っている」

「駅で見当たり捜査をやっているわけ？」

「宮原は以前から何度か、地元で目撃されている。それがやつの行動パターンなんだ」

いつもの縞長に戻っているような気がした。

「わかった。何かあったら、連絡をくれ」

「了解」

電話を切ると、石黒に言われた。

「誰に電話したんだ」

「シマさんです」

石黒が怒鳴った。

「勝手に連絡を取るな」

「捜査員同士が情報共有しただけです。何が悪いんです？」

「勝手なことをするなと言ってるんだ」

上司でもないのに、命令される筋合いじゃない。そう思ったが、口には出さないことにした。

車に戻り、発進しようとしているとき、電話が振動した。縞長からだった。

「どうしました」

「宮原を発見した。変装しているが、間違いない」

「北千住駅ですか？」

「ああ。追尾に車が必要になるかもしれない」

「すぐに向かいます」

俺がシフトレバーをドライブに入れると、石黒が言った。

「どうした？」

「シマさんが、宮原を見つけたと言ってます」

石黒は一瞬、驚きの表情を浮かべたが、すぐに苦笑に変わった。

「そんなはずないだろう。何かの間違いだよ」

「でも、宮原がこのあたりにいる可能性は充分にあります。とにかく、行ってみましょう」

「放っておけ。どうせ、宮原なんかじゃないさ。シマさんはただ見栄《みえ》を張っているだけだ」

「向かいます」

「おい、俺の言うことを聞けと言っただろう」

「被疑者を確保できるかもしれないんです。ここで宮原を取り逃がしたら、言い訳はできませんよ」

石黒は押し黙り、俺は車を出した。

北千住駅西口付近で、縞長を見つけた。縞長もこちらに気づいて近付いてきた。車を停めると、縞長はすぐさま後部座席に乗り込んで来た。

「宮原はどこ？」

俺が尋ねると、縞長はこたえた。

「タクシー乗り場だ。黒い革のジャンパーを着てキャップをかぶり、マスクをしている」

石黒が不機嫌そうに言った。

「あいつか……。あれじゃ人相がわからないじゃないか」

俺は言った。

「でも、シマさんにはわかるんだよ」

石黒がまた苦笑を浮かべる。

「まさか……」

縞長が言った。

「タクシーに乗った。追ってくれ」

「了解」

二人のやり取りを聞いて、石黒が言った。

「おい、まず捜査本部に連絡だろう。勝手に動いちゃまずい」

縞長が言った。

「なら、連絡をしたらどうだ。目の前に無線があるじゃないか」

石黒は舌打ちをしてから無線のマイクを取り、捜査本部に宮原らしい人物を見つけたと報告した。

宮原はほどなくタクシーを降りた。俺は機捜車を停めて石黒に尋ねた。

「どうします？」

「まだ捜査本部からの指示がない。待機だ」

そのとき、縞長が言った。

「確保だ。この機を逃すわけにはいかない」

石黒が言った。

「捜査員は勝手に動いちゃいけない」

その言葉が終わる前に、縞長は車を降りていた。俺も降りた。二人で宮原を追尾する。

すると、慌てた様子で石黒が俺たちを追ってきた。

宮原は細い路地に入っていく。

縞長が言った。

「挟み打ちにしよう。向こう側に回り込んでくれ」

「わかりました」

俺はこたえて路地を曲がった。石黒はただ俺のあとをついてくる。駆け足で大回りをして、元の路地に出ると、ちょうど宮原の行く手を遮《さえぎ》る形になった。

宮原が立ち止まる。俺は声をかけた。

「宮原だな？」

そのとたんに、彼は踵を返して駆け出した。だが、その先には縞長がいた。

石黒が言った。

「あ、ちくしょう。シマさんじゃだめだ……」

宮原が縞長に向かって突進していく。次の瞬間、その体が宙に舞っていた。縞長が入り身になって宮原を投げたのだ。合気道の技だった。

俺は夢中で投げ出された宮原の上に乗り、押さえつけた。縞長が手錠をかけた。

俺は石黒に言った。

「宮原を確保しました。捜査本部に連絡してください」


俺たち三人は、本部の捜査員たちに拍手で迎えられた。

被疑者を確保しても捜査本部の仕事は終わらない。送検とその後の起訴のために、山ほど書類を作成しなければならない。

しかし、被疑者確保の後の作業は気分よく進められる。やがて書類作りも終わり、宮原を送検した。検事捜査のために捜査本部は存続するが、大幅に規模は縮小される。俺たちはお役御免となった。

翌日には、俺と縞長に日常が戻っていた。機捜車で密行を続けている。

俺はハンドルを握りながら、助手席の縞長に言った。

「しかし、シマさんが宮原を見事に投げたときの石黒の顔は見物《みもの》だったね。決して忘れないよ」

「だから、呼び捨てはまずいと言ってるだろう」

「俺が言ったとおり、シマさんは本領を発揮できたじゃないか」

縞長は長く息を吐いてから言った。

「今回は高丸から教わったよ」

「俺は石黒に思い知らせてやりたかっただけだよ」

「嫌な思い出しかなければ、これからいい思い出を作ればいい。そう言われて、目が覚めたよ」

「俺、そんなこと言ったっけ？」

「亀の甲より年の功と言うが、年の功だけじゃないんだな。人生、いくつになっても勉強だ」

「石黒に何かもう一言、言ってやりたかったな」

「そいつは、年の功で言わせてもらうがね」

「何だ？」

「言わぬが花ということもあるんだよ」

「だけど……」

「あいつは、警視庁本部に引きあげるとき、私に深々と頭を下げた。それだけで充分じゃないか」

「それを早く言ってよ」

そのとき、無線からひったくり事件が発生したという知らせが流れた。

「行くよ」

俺が言うと、縞長がマグネット式の赤色回転灯をルーフに取り付け、サイレンを鳴らした。

初動

1

「さあ、そろそろ忙しくなるぞ」

午後十時を過ぎて、俺は言った。独り言のようなもので、こたえなど期待していなかったが、助手席の縞長は律儀《りちぎ》に相槌《あいづち》を打つ。

「そうだね。今日は比較的穏やかな一日だったがな……」

「そういう日は、夜中から未明にかけて忙しくなる。帳尻《ちょうじり》が合うんだ」

「そうかもしれない」

機動捜査隊の俺たちは、機捜車で密行中だ。要するにパトロールだが、機捜車はいわゆる覆面車なので、パトカーの巡回とはちょっとニュアンスが違う。

今、目黒区を回り、山手通りを渋谷方面に向けて走行中だった。

そのとき、無線から変死体が発見されたという知らせが流れた。場所は、松濤《しょうとう》二丁目の鍋島《なべしま》松濤公園内だ。

縞長が無線のマイクを取り、即座にこたえる。

「機捜235、臨場《りんじょう》します」

無線マイクをフックに戻すと、縞長はサイドウインドウを開けてマグネット式の赤色灯を出した。

無線からは、次々と機捜車が現場に向かうことを知らせる声が流れてくる。機動捜査隊の最も重要な任務が、初動捜査なのだ。

渋谷区松濤は、日本でも一、二を争う高級住宅街だ。俺に言わせれば、非効率的なほどたっぷりとした敷地に、いかにも高級そうな一軒家が建ち並んでいる。

鍋島松濤公園は、その超高級住宅街の中にある。

なんでもこの一帯は、もともと紀州徳川家の下屋敷《しも》だったそうだ。明治になってから佐賀の鍋島家に払い下げられたという。鍋島家はここに茶園を作り、それが後に当時の東京市に寄贈されて公園となった。それで、公園に鍋島の名がついているわけだ。

近くに円山町のラブホテル街があり、その向こうは飲食店が並ぶ道玄坂だ。深夜まで若者が集まる街だが、松濤のあたりに来ると、まるで別世界だ。

現着したのは、午後十時二十分で、あたりはしんと静まりかえっている。

公園中央には池があり、それを遊歩道が囲んでいる。子供用の遊具も見える。池や遊歩道の周囲には背の高い築山《つきやま》が幾つもあり、また木立もたくさんある。その築山の陰に、遺体があった。

まだ若い女性のようだ。上半身が築山の陰になっており、離れた場所から見ると、二本の脚が芝生の上に突き出ている。

ジーンズをはいていて、着衣に乱れはなさそうだった。

班長の徳田一誠警部が集合をかけた。

徳田班六名が顔をそろえている。今夜は徳田班が当直というわけだ。

「所轄の地域課とともに現場の保存だ。シマさんと高丸は目撃者を探してくれ」

班長に名前を呼ばれ、俺はシマさんこと縞長とその場を離れようとした。

そのとき、同じ班の梅原の声が聞こえてきた。かつての相棒だ。

今、梅原は井川栄太郎と組んでいる。井川は二十代の新人だ。

「井川、そんなに入れ込むことないんだぞ」

その梅原の言葉に、井川がこたえる。

「いやあ、変死体となると、緊張しますよ」

「どうせ、俺たちは初動捜査だけなんだ。所轄や捜査一課に引き継げばそれで終わり。この事案を担当するわけじゃないんだ」

おや、と俺は思った。

その言葉に、なんだか違和感を抱いたのだ。

たしかに梅原が言うとおりだ。俺たちは、この事案の捜査を続けるわけではない。所轄の刑事課や警視庁本部の捜査一課に引き継げば、その場を離れてまた密行を続けるか、別の事案の現場に駆けつける。

俺だって、それくらいのことは充分に承知している。そればかりか、梅原と組んでいる頃には、自分もそのようなことを言っていた記憶がある。

だから、どうして梅原の言葉に違和感を抱いたのか、自分でもわからなかった。縞長が言った。

「なんだい、妙な顔をして……」

俺は言った。

「今、梅原が言ったことを聞いたかい？」

「梅原……？　何を言ったんだ？」

「井川に言ったことなんだけど……。あまり入れ込むなって……」

「ああ、先輩としては当然の注意だね。新人のやる気は空回りしがちだからね。早く手柄を立てたいと焦るあまり、とんだ失敗をしがちだ」

「なんだか、自分のことを言われているような気がするんだけどな」

「おや、自覚症状があるのかい」

「問題は、その後なんだ」

「その後？」

「梅原の言葉だ。どうせ、初動捜査だけなんだって……」

「それがどうかしたかい」

「いや、わからないけど、その言い方がちょっと気になってね」

縞長はわずかに首を傾《かし》げたが、それ以上は何も言わなかった。

二人は、所轄の地域係が張ったばかりの、黄色いテープの規制線のほうに向かった。

すでに野次馬が何人かいた。まだマスコミの姿はない。

俺は、野次馬たちの顔と服装を頭に叩き込もうとしていた。犯人は必ず現場に戻ると言われている。現場を確認せずにはいられないのだ。

それはどんな犯罪者でも同様だ。窃盗犯も、盗みに入った家を再び訪れて様子を見る。

暴行・傷害の犯人もたいてい様子を見にやってくる。

また、野次馬の中には、何かを目撃した者がいるかもしれない。徳田班長に命じられた目撃者探しも機捜の重要な任務だ。

ふと、一人の男が気になった。規制線の外側に、五人の野次馬がいた。さらにその後ろに二人の姿が見えていた。

気になったのは、その後ろにいる二人のうちの一人だった。ニットのキャップをかぶり、顎鬚《あごひげ》を生やしている。

まだ二十代に見えた。オーバーサイズのジャケットに、これもだぶだぶのジーンズだ。いわゆるB系と呼ばれる服装で、こういう恰好をしていると若く見えるので、あるいは三十を過ぎているかもしれない。

その男性は明らかに挙動不審だった。

俺は小声で言った。

「シマさん。あの後列のニット帽のやつ……」

縞長はかすかにうなずいて「ああ」と言った。

「ちょっと話を聞いてみようか」

俺はそう言って、野次馬たちのほうに近づいていった。規制線をくぐって、ニット帽の男に声をかけようとしたら、彼は踵を返して、円山町の方向に歩き出した。

俺は歩を速めて声をかけた。

「ちょっとすいません。お話をうかがっていいですか」

男は振り返らない。俺は駆け出した。すると相手も走り出す。

男は角を左折し、東急本店のほうに駆けて行く。

「待て。止まるんだ」

俺は、走りながら大声で言った。逃走中に「待て」と言われて待つやつはいないと、よく言われるが、警察官としては追跡していることを宣告する必要があるのだ。

男に追いつき、胴体にタックルする。こういう場合は容赦《ようしゃ》なしだ。二人ともアスファルトの歩道に倒れた。

男は暴れたが、こうなればこちらのものだ。俺は男を地面に押さえつけた。そこに縞長が息を切らしてやってきた。二人でニット帽の男を立たせた。

俺が彼の右腕を、縞長が左腕をつかんでいる。状況を察知した、渋谷署地域課の制服係員たちも駆けつけた。

彼の身柄を機捜車の中に押し込めると、そこに徳田班長がやってきた。

「どうした？」

俺はこたえた。

「挙動不審だったので、話を聞こうと近づいたら、逃走したので身柄確保しました」

男は小声で悪態はつくものの、はっきりとした抗議はしない。

「話を聞いてみてくれ」

「了解しました」

右側のドアから縞長が乗り込み、俺は左側のドアから乗る。ニット帽の男を左右から挟むのだ。

後部座席に男三人は窮屈だが、俺たちは慣れている。相手にプレッシャーをかけるためにも、多少窮屈なほうがいい。

俺はニット帽の男に尋ねた。

「何で逃げたの？」

男はふてくされたような顔で、何も言わない。

「黙秘とかするつもり？　それって、被疑者だと認めたことになるよ」

それでも何も言わないので、俺はさらにプレッシャーをかけることにした。

「殺人の被疑者ということでいいね？」

これははったりだ。まだ、殺人と決まったわけではない。もうじき検視官が到着して、その判断を下すはずだ。

だが時には、はったりも必要なのだ。俺はさらに言った。

「被害者とはどういう関係？　何かトラブルを抱えていたの？」

ついに相手が口を開いた。

「俺じゃねえよ」

「どうだろうね。そのへんを、ちゃんと説明してもらわないと……」

男は再び、口をつぐんだ。

縞長が言った。

「事件と関係がないのなら、逃げる必要はないよね」

ニット帽の男が言う。

「俺は何もしてないんだよ」

「なら、どうして逃げたんだね？」

「そりゃ、追っかけてくるから……」

俺は言った。

「逃げたから追ったんだよ。あんたは、俺が声をかけたあとに逃げ出したんだ」

縞長が言う。

「この人が声をかけようとしたのは、あなたの態度が怪しかったからなんだ。明らかに緊張していたし、眼がおろおろと泳いでいた」

男はさっと肩をすくめて言った。

「人が倒れてたって聞いて、緊張したんだよ」

俺は言った。

「まず、名前を聞かせてよ。俺は高丸、あっちは縞長って言うんだ」

ニット帽の男は、しばらく躊躇していたが、やがて言った。

「中島《なかじま》」

「フルネームを教えてくれる?」

「中島修次《しゅうじ》」

どんな字を書くかを尋ね、俺はそれをメモした。縞長はメモを取らないが、きっと頭に刻んでいるはずだと、俺は思った。

筋金入りの警察官は、そういうものだ。メモを取れないような状況で、人名や電話番号、自動車のナンバーなどを記憶しなければならないことも多い。

俺は自分をまだまだだと思った。

「職業は？」

「バイト」

「どんなバイト？」

「いろいろだよ」

「最近はどんなことを？」

「飲食店のフロアだよ」

「この現場を見ていたのはなぜ？」

「たまたま通りかかったんだよ。そうしたらパトカーとか来てるから、何だろうと思って見ていたんだ」

「じゃあ、どうして俺が声をかけたときに逃げ出したんだ？」

「だから、追っかけてくるからだってば」

「死体が誰か知ってるの？」

「死体……？」

「そう。公園内で発見された死体だ」

「それは……」

ごくりと喉《のど》を鳴らして、中島は言葉を続けた。「男なの、女なの？」

俺はちらりと縞長を見た。尋問するときは通常、相手からの質問にはこたえない。それで、ちょっと迷ったのだ。縞長もこちらを見て、眼が合った。

縞長が言った。

「女だ」

中島は、救いを求めるような眼を向けてきた。俺はちょっと戸惑った。彼の気持ちが読み取れなかったからだ。

「女が死んでたんだね」

中島は、確認するように言った。俺は尋ねた。

「あんたがやったんじゃないの？」

中島は、心ここにあらずという態度でこたえた。

「俺じゃない」

縞長が尋ねる。

「何か心当たりがあるのかい？」

中島はこたえない。

そのとき、車の窓ガラスを叩く音がした。見ると徳田班長だった。俺はドアを開けて車を降りた。

徳田の後ろには、熊井猛という名の渋谷署の強行犯係員と、背広の襟に「S1S」と書かれた赤いバッジを付けた男がいた。こちらは警視庁本部捜査一課の捜査員だ。

徳田班長が俺に言った。

「被疑者の身柄を彼らに渡してくれ」

俺は驚いて言った。

「まだ、被疑者じゃありません。任意で話を聞いているだけです」

熊井が言った。

「現場から逃走したんだろう。立派な被疑者じゃねえか」

俺は熊井に言った。

「俺たちがまだ事情を聞いている最中です」

「もういいよ。あんたら機捜は、どうせ端緒にだけ触れて、すぐにどこかにいなくなるんだろう。最初から俺たちが話を聞いたほうが二度手間にならなくて済む」

その言い方に腹が立つが、熊井が言っていることは間違ってはいないので、反論ができない。

俺は中島に言った。

「降りてくれ」

「もう行っていいのか？」

「いや、刑事たちが尋問を引き継ぐ」

「ちょっと違う」

中島は怪訝そうな顔で俺を見た。「あんた、刑事じゃないの？」

「刑事たち……？」

俺はこたえた。「機捜隊員だよ」

所轄と捜査一課の捜査員がやってきたということは、もう俺たちはお役御免ということだ。

これまでに知り得たことを、捜査員に伝えればもう現場に用はない。それはわかっているのだが、俺はどうも釈然としない気分だった。

梅原と井川のコンビがやってきて、徳田班長に言った。

「じゃあ、自分らは密行に戻ります」

徳田班長はうなずいた。

「ごくろう」

「いやあ、これから捜査員たちは、徹夜で捜査でしょうねえ」

梅原が言う。「捜査本部ができたら、しばらくろくに眠れないんでしょう？　同情しますよ」

徳田班長が言った。

「俺たちも今夜は夜勤だ。気を抜くな」

「了解です」

梅原と井川は機捜車のほうに歩き去った。俺は、その後ろ姿をしばらく眺めていた。

縞長が俺に言った。

「何を見てるんだ？」

「いや……。梅原ってあんなに軽いやつだったかなと思って……」

縞長は笑って言った。

「さて、私らも行こうか」

「ちょっと待ってもらえる？」

俺は徳田班長に近づき、尋ねた。

「被害者の身元はわかったんですか？」

「なぜ知りたい？」

「関わった事件のことは知りたいじゃないですか」

「西野絵里《にしのえり》、二十八歳。飲食店勤務」

「飲食店……」

「キャバクラか何かだろう。名刺を持っていたらしい」

「中島が飲食店のフロア係のバイトをしていたと言っていました」

「同じ店かどうかは、俺たちにはわからない。それを調べるのは刑事たちの仕事だ」

「そうですね……」

「俺は密行に戻る。おまえたちは？」

「はい、自分らも……」

俺たちは機捜235に戻り、密行を再開した。山手通りに出て、国道246方面に向かうと、俺は助手席の縞長に言った。

「中島が犯人だと思うかい？」

縞長は驚いたように運転席の俺を見た。

「それを考えるのは私らの仕事じゃないだろう」

「たしかに、機捜の仕事は初動捜査までだ。けど、中島の身柄を押さえたのは俺たちだ。気になるじゃないか」

縞長が肩をすくめるのが気配でわかった。

「あんた、どう思うんだ？」

俺はしばらく考えてから言った。

「たしかに彼は挙動不審だったけど、どうも犯人という気がしないんだ」

縞長が言った。

「他殺となれば、渋谷署に捜査本部ができるだろう。それとなく様子を探ればいい」

「機捜の仕事じゃないから忘れろと言われるかと思った」

「機捜の経験はあんたのほうが長い。私がそんなことを言えるはずがない」

「でも、警察官の経験は、シマさんのほうがずっと長い」

「じゃあ、先輩として一つ言わせてくれ」

「ああ」

「気になったら調べる。それが警察官だよ」

2

夜勤明けの朝、渋谷署内にある分駐所に戻ると、すでに講堂に捜査本部が設置されていた。

熊井を見かけたので、声をかけた。

「中島は何かしゃべった？」

「へえ、機捜もそんなことを気にするのか」

こういう厭味《いやみ》にも、もう慣れた。刑事たちは、ただ八つ当たりがしたいだけなのだ。事件が解決するまで彼らは捜査本部に縛りつけられる。

俺たちは自由気ままにドライブでもしているように、彼らの眼には映るのだろう。

「気にする機捜もいるんだよ。それで、どうなの？」

「何もしゃべらない」

「被害者はホステスだったんだろう？」

「最近はキャストというらしいぜ」

「何だ、それ」

「キャバクラではそう言うらしい。クラブとは違うらしい」

「中島も飲食店でバイトしていたと言っていたけど、同じ店？」

「同じ店だ」

「じゃあ、中島は被害者のことを知っていたわけだ」

「そうだ。そして、犯行現場から逃走したところをあんたらに取り押さえられたんだ。ホシと見て間違いないだろう」

俺はなんだか、落ち着かない気分になって尋ねた。

「それって、捜査本部の公式見解？」

「捜査に公式もへったくれもあるかよ。だが、この見立てに間違いはねえよ。中島が落ちるのも時間の問題だ。じゃあな」

熊井は歩き去った。捜査本部に向かったのだろう。

すぐそばで俺たち二人のやり取りを聞いていた縞長が言った。

「さあ。引き継ぎの報告をして、さっさと引きあげよう」

夜勤明けでくたくたなのは間違いない。そして、今日はこれから非番で、明日は公休になっている。事件のことを調べたくても調べられないのだ。

非番の日に独自で捜査をする、などという小説やドラマがあるが、まったく現実的ではない。非番や公休日の警察官は、一般人と変わらないのだ。

縞長が言うとおり、引き継ぎを済ませて日報を書き、帰宅して眠るのが一番だ。俺はそうすることにした。


翌日は、気になって朝からテレビのニュースを見たり、新聞をチェックしたりしていた。だが、中島が自白したというニュースはなかった。

それ以前に、まだ中島の名前が報道されていない。逮捕もされていないようだ。つまり、捜査本部では、逮捕・起訴できるだけの証拠をつかめていないということだろう。

俺はふと、梅原のことを思い出していた。あいつはもう、この事案のことなど気にしていないだろう。

彼と組んでいるとき、二人とも機捜に誇りを持っていると思っていた。だが、今思うと、その立場に甘んじていただけなのかもしれない。

初動捜査は重要だ。だから、機捜が現場に駆けつけるのだ。いつしか自分は、その仕事に慣れてしまって、事件そのものにあまり関心をもたなくなっていたのではないだろうか。その点では、梅原も俺も同じだったはずだ。俺はなぜ、梅原の発言に違和感を抱くようになったのだろう。

その理由は、俺にはまだわからない。

ともあれ公休日は、事件に関しては何もできずに過ぎた。翌日は第一当番、つまり朝から夕方までの当番だ。

俺は朝から、縞長と機捜車による密行を行っていた。管内を巡回しているうちに、自然と車は鍋島松濤公園のほうに向かっていた。

それに気づいた様子で縞長が言った。

「やっぱりまだ気になっているんだね」

「まだ中島は自白していないみたいだしね」

「ああ、そのようだね」

「捜査本部は中島を犯人だと考えているんだろうか……」

「さあ、どうだろう。私らには知る由《よし》もない」

縞長の言うとおりだ。俺たちが捜査の内容を詳しく知ることはない。そして、初動捜査から離れた今、俺たちが聞き込みなどの捜査を続けることはできない。

それは出すぎた真似で、もしそんなことをして捜査本部にばれたら大目玉を食らうだけじゃ済まないだろう。何らかの処分を受けることになる。

ただ、俺たちにもできることはある。密行と職質だ。

俺はハンドルを切り、鍋島松濤公園に向かう路地に入った。何か怪しいものがないかどうか、眼を凝らす。

しかし、その眼に映るのは、高級住宅街ののどかで優雅なたたずまいだけだった。俺は現場を離れ、東急本店前から渋谷駅に向かった。

ふと、俺は心の中で警鐘が鳴るのを感じた。視界の中の何かに反応したのだ。

何だ……。俺はスピードを緩《ゆる》め、周囲に視線を走らせた。

「シマさん」

「何だい」

「あそこの男に職質をかけたいんだけど……」

俺は縞長の顔を見た。彼はにやりと笑った。

「了解だ」

その男は、歩道を渋谷駅の方向に向かって歩いている。つまり、俺たちの機捜車と同じ進行方向だ。

俺は、少し先で車を停めた。運転席を出ると歩道に上がり、その男が通り過ぎるのを待って、後ろから声をかける。

　正面に立って声をかけないのは用心のためだ。相手がいきなり刃物を出す恐れもあるし、突き飛ばされて怪我《けが》をすることもある。

「すいません。ちょっといいですか？」

　男は、三十代半ばだろうか。少々太り気味だが、胸板は厚く、肩幅も広い。喧嘩が強そうだなと俺は思った。

　短髪で口髭を生やしている。耳にはピアスをしており、明らかにアメリカのストリートギャングなどを模倣した恰好をしている。

　こういうアメリカの凶悪な犯罪組織の構成員みたいなファッションがかっこいいと思う風潮は、一部のダンスグループが助長しているように思える。迷惑な話だと俺は思う。

「何すか？」

　男は猜疑心《さいぎしん》に満ちた眼を向けてくる。

「話を聞きたいんだけど……」

　俺は手帳を出して見せた。

「警察……？　何の用？」

　とたんに男の落ち着きがなくなった。

　何かあるな……。

　俺はそう思いながら、さらに言った。

「名前を聞かせてもらえるかな」

俺がそう言ったとたん、男は突然背を向けて走り出した。

歩道を歩いていた人を突き飛ばしながら逃走する。俺は慌てなかった。

男の行く手に、縞長が姿を見せた。先回りして、逃走に備えていたのだ。

「失礼……」

縞長はそう言うと、すれ違いざまに男を投げた。男は腰から歩道に落ち、そのダメージにもがいている。

縞長は、柔道三段、合気道五段の腕前だ。

俺はその男に近付き、腕をつかんだ。職質を振り切って逃走し、なおかつ抵抗したとなれば、公務執行妨害の現行犯逮捕だ。俺は手錠を出してかけた。そして、現行犯逮捕であることを相手に告げた。

「さあ、車の中でゆっくり話を聞こうか」

男はもはや抵抗しようとしなかった。手錠をかけられた者はたいていそうだ。俺と縞長で男の両側から腕をつかみ、機捜車に連行した。

通行人が何事かとこちらを見る。ちょっと照れくさく思う。

機捜車の後部座席で、男から話を聞く。

「名前は？」

ふてくされたような顔で、こたえようとしない。俺はさらに言った。

「そうやって抵抗しても、時間の無駄だよ。どうせしゃべることになるんだ」

男はしかめ面になった。俺と縞長に挟まれて窮屈そうだ。右側に縞長、左側が俺だ。俺はもう一度尋ねた。

「名前は？」

「白田健治《しろたけんじ》だよ」

「年齢は？」

「三十五……」

「職業は？」

「飲食店」

「店の名前は？」

「なんでそんなこと訊くんだよ。俺、何かした？」

「職質受けて逃げるやつは、たいてい何かしてるんだよ」

「別に何もしてねえよ」

「勤めている店の名前は？」

「『ゼット』ってバーだよ」

もしかしたら、勤務先は被害者の西野絵里と同じ店なのではないかと思ったのだが、違った。世の中そんなに簡単ではない。

「一昨昨日《さきおととい》の夜、松濤にいたよね？」

「そうだったっけなあ……。覚えてねえな」

「間違いないよ。俺、見かけたんだ」

彼に職質をかけようと思ったのは、それが理由だ。

白田は、間違いなく殺人現場近くにいた。最初に眼についたのは、中島だったが、間違いなく彼の姿もあった。

それが記憶に残っていた。はっきり覚えていなくても、潜在意識には残っている。それをどれくらい活用できるかが、機捜隊員にとっては重要なのだ。

密行をしているときに、その潜在意識が警鐘を鳴らしたのだ。

「覚えてねえって言ってるだろう。言いがかりじゃねえのか」

そのとき、縞長が言った。

「いや、たしかにあのとき、あんたはあそこにいた。規制線の外から公園の様子をうかがっていたんだ」

やはりな……。

俺はそういう思いで、縞長を見た。彼なら、見逃さないだろうと思っていた。職質をしようと言ったとき笑ったのは、彼が同じことを考えていたからではないだろうか。

そうに違いないと、俺は思った。俺が気づくのがもう少し遅かったら、きっと縞長が職質をしようと言い出したに違いない。

「証拠でもあるのかよ」

白田の言葉に俺は言った。

「それは、犯罪者の常套句《じょうとうく》なんだよ。現場付近で何をしていたか教えてくれない？」

「覚えてねえって言ってるだろう」

「午後十時半頃、事件現場付近にいたのは確かだろう？」

「さあな……」

俺は縞長に言った。

「これ以上は、俺たちの仕事じゃないな。身柄を捜査本部に預けよう」

縞長がうなずく。

「そうだな。無線で連絡しよう」

俺はいったん車を降りて、白田にも降りるように言った。一番奥から縞長が出てくるのを待ち、もう一度白田を乗せる。

なぜそんな面倒なことをするかというと、後部座席の右側のドアは内側からは開かないからだ。

俺が車の右側に回り込み、縞長のために外から開けてやることもできるが、そうすると、白田が左側のドアから逃走する恐れがある。

縞長が助手席に乗り込み、無線で白田を現行犯逮捕し、身柄を渋谷署に運ぶことを告げた。

通信指令センターから渋谷署の捜査本部に連絡が行くはずだった。

縞長が、助手席を出て後部座席に戻ってくる。俺は縞長と入れ替わりでいったん車を降りて、運転席に向かった。

「じゃあ、渋谷署に向かう」

「ああ」

白田が逃走しないように、後部座席左側に座った縞長が返事をした。

白田の身柄を留置場に入れると、俺と縞長は捜査本部に報告に行った。捜査本部を仕切っている捜査一課の管理官が、俺に言った。

「職質をしたら逃走したって？」

「はい」

「どうして捜査本部に身柄を預けるんだ？」

「事件の夜、現場付近で彼を見かけました。彼は、規制線の外から現場の様子をうかがっていました」

「それを見つけたというのか？」

「はい。犯人は必ず現場に戻ってくると言いますから、付近を巡回していました」

「だが、被疑者は中島だ。彼もおたくらが身柄確保したんだろう」

「自分は、白田のほうが中島よりも鑑《かん》が濃いと思います。とにかく、話を聞いてみてください」

「わかった。調べてみよう」

あとは、捜査本部の判断に任せるしかない。俺と縞長は再び、機捜車で密行を再開すべく、捜査本部を後にした。


「おい、ついてたな」

その翌日のことだ。俺と縞長は夜勤の準備をしていた。そこに熊井がやってきてそう言ったのだ。

俺は聞き返した。

「ついていた？」

「白田だよ」

「どうなったんだ？」

「知らないのか？」

「捜査本部のことは、俺たちにはわからないよ」

「ついさっき、自白した」

「自白……？　西野絵里殺害の？」

「ああ、そうだ」

俺と縞長は顔を見合わせていた。熊井が言った。

「もともと中島と白田は昔からの知り合いでな。若い頃に渋谷の街で遊び歩いていたらしい。中島は白田の店の常連だった」

俺は尋ねた。

「中島は、西野絵里と同じ店でバイトとして働いていたんだよね」

「そう。一ヵ月ほど前、店が終わった後、中島が西野絵里を誘って白田が勤めているバーに行ったらしい」

それを聞いた縞長が言った。

「ホステスはたいてい客とアフターに行くんじゃないのかね。バイト仲間と行ったんだ」

アフターというのは、クラブのホステスやキャバクラのキャストが店が終わった後に、客に付き合って飲みに行ったり食事をしたりすることだ。

深い関係を期待する客もいるようだが、女性のほうは営業活動と割り切っているのだ。

熊井がこたえた。

「西野絵里は、あまりアフターをやるほうじゃなかったようだな。白田は飲みに来た西野絵里を気に入って、それから何度か口説いたようだが相手にされなかった」

俺は言った。

「よくある話だ」

「そう。よくある話だな。だから、その後の展開も推して知るべし、だ。事件当日、中島は白田に西野絵里を連れて来いと言われていた。中島にとって白田は先輩に当たるので、その命令を断り切れない。だから、西野絵里を指定された場所になんとか連れて行った」

「それが、鍋島松濤公園だったというわけか」

「そう」

縞長が熊井に質問する。

「三人とも、店はどうしたんだ？」

「西野絵里は休みの日だった。彼女は週に三日ほどしか出勤していなかったようだ。それに合わせて中島も店を休んだ。白田は自由に店を抜け出せる」

熊井は、よほど機嫌がいいのか、今日はよくしゃべる。捜査本部から解放されたせいかもしれない。彼の説明が続いた。

「公園で、中島は白田から『おまえは帰れ』と言われた。それで、西野絵里を残してその場を離れた。白田は西野を口説く。だが、西野は言うことを聞かない。そのやり取りがトラブルに発展して、白田は激高、西野を絞殺した。そういうわけだ」

俺はうなずいた。

「なるほど」

「たまたま職質した相手が犯人だったなんて、ついているとしか言いようがないじゃないか」

本当は「ツキ」なんかじゃない。だが、それを熊井に言っても仕方がない。機捜の仕事は縁の下の力持ちだ。だから、ただ黙々と日々の仕事をこなすだけだ。

熊井が去ると、俺たちは駐車場に向かい、機捜車に乗り込んだ。

エンジンをかけると、縞長が言った。

「熊井はああ言ったけど、あんた、いい仕事をしたね」

「そうかな。でもまだまだシマさんにはかなわない。シマさんも、白田に気づいていたんだろう？」

「事件当夜、中島にあんたが声をかけたとき、ちょっと離れた場所にいた白田に気づいた。中島は西野絵里のことが心配で様子を見に来た。そして、犯人である白田は現場の様子をうかがいに来たというわけだな」

「職質をかけたときのことだけど、シマさんも白田を見つけていたはずだ。そうだろう？」

縞長はその問いにはこたえずに、言った。

「あんた、梅原の言動を軽薄だと感じたと言った。その理由はわかるかい」

考えたが、結局わからなかった。

「さあね」

「あんたが警察官としてそれだけ成長したってことだろう」

俺は何も言わずに、車を出した。

縞長にそんなことを言われるのは照れくさかった。

だが、もし本当に彼が言うとおり、俺がいくらか成長したのだとしたら、それは間違いなく縞長と組んでいるおかげだと思った。

縞長が機捜に配属になった意味を、俺は今あらためて考えていた。

密行

1

夜明け前に、問題のアパートの前に集合した。世田谷区太子堂《たいしどう》の住宅街にある安アパートだ。オートロックの設備もなく、一階と二階に玄関ドアが並んでいる。

「高丸」

徳田一誠班長に呼ばれて俺は、小声で「はい」と返事をした。

警察学校や地域課にいる頃は、とにかく大きな声で返事をしろと言われたが、機動捜査隊に配属されてからは、声をひそめることが多かった。

徳田班長が言った。

「高丸とシマさんは、裏手を固めてくれ」

「了解しました」

俺はこたえて、相棒の縞長省一とともに、アパートの裏側に回った。そこからは、ベランダに通じるガラス戸が見えるが、今はカーテンで閉ざされており、明かりも点いていない。

渋谷署の刑事課強行犯係が、このアパートの一室にウチコミをかける。恐喝の被疑者が潜伏しているという情報があったのだ。

強行犯係は、情報の裏を取り、被疑者逮捕の態勢を整えたというわけだ。ウチコミは夜明けと同時に行われることが多い。

制度上、通常、家宅捜索は日没から日の出までできないので、夜明けを待つのだ。その時間なら被疑者が部屋にいる確率が高い。

被疑者の名前は、下平茂雄《したひらしげお》。年齢は三十二歳だ。かつて、広域指定暴力団の構成員だったが、今は組を抜けているという。いわゆるゲソ脱《ぬ》けだ。

中小企業の経営者を恐喝したというのが、今回の罪状だが、余罪がいろいろとありそうだ。

「被疑者が裏口から逃亡する確率はどれくらいだと思う？」

俺は縞長に尋ねた。

「さあな。だが、けっこう高い確率だと思うよ。だから、私らが配置されたんじゃないのか？」

俺は思わず笑みを漏らした。

「余裕の発言だね」

「私らコンビには実績があるからね」

たしかに縞長と組むようになって成果を上げるようになった。

「こっちに逃げてきてくれれば、また手柄が挙げられるかもね」

「手柄なんて、どうでもいい。誰が挙げても同じことだ。大切なのは、犯罪者を検挙することだからな」

「シマさんは、優等生だからなあ。俺はまだまだ欲があるからね。早く機捜を卒業して、本部の一課に行きたい」

「捜査一課なんて、ろくなもんじゃない。こうして犯罪捜査の最前線にいるほうが、だんぜんいいと思うけどね……」

「シマさんは、刑事としての経験が長いから……。俺はまだまだこれからだからね」

「けど、機捜の経験は高丸のほうが長いじゃないか」

そのとき、受令機から徳田班長の声が流れてきた。

「集合だ。全員先ほどの場所に戻れ」

縞長もその無線を聞いている。二人は顔を見合わせた。

縞長が言った。

「確保したのかな……」

「被疑者、抵抗しなかったようだね」

二人は徳田班長のもとに向かった。徳田班の全員が集結した。総勢六名だ。やや離れたところで、強行犯係の連中が輪を作っている。

被疑者の身柄を確保した様子ではない。俺は、何事だろうと思い、徳田班長の説明を待った。

「空振りだ」

徳田班長が言った。「下平は部屋にいなかった」

「そんな……」

梅原健太が言った。「所在を確認してあったんじゃないんですか？」

梅原の問いに、徳田班長がこたえた。

「そのはずだった。だが、下平は事前にガサを察知して逃走したらしい」

ガサもウチコミも家宅捜索のことだ。

縞長が尋ねた。

「部屋には誰かいたのかね？」

「下平と交際していると思われる女性がいた」

「芦田綾香《あしだあやか》だね。部屋の住人だ」

「そう。強行犯係では、彼女に任同《にんどう》を求めたということだ」

「同行に応じたのかね？」

「そうらしい」

任同、つまり任意同行はその名のとおり、同行するかどうかは任意なのだが、それを拒否する一般人は少ない。

警察官が「署まで来てくれ」と言えば、強制力があると、普通の人は思ってしまうのだ。また、断ることが何か悪いことのように思うのかもしれない。

俺も、警察官になるまではそう思っていた。そして、警察官になった今は、一般人のそういう思い込みをおおいに利用させてもらっている。

職質して任同。それで多くの場合、犯罪の芽を摘むことができる。人権団体などは、そうした警察官の行動に批判的だが、警察官が何もせずに犯罪が増えればまた批判されるのだ。

縞長が言った。

「だが、しゃべらないだろうね」

徳田班長はうなずいた。

「そうでしょうね。今のところ、下平の行き先は知らないと言っているようです」

俺は徳田班長に尋ねた。

「この先は、どうなるんです？」

徳田班長は、顔も声も無表情のままこたえた。

「空振りなんだ。どうしようもない。俺たちは撤収だ」

「強行犯の連中は？」

「家宅捜索の許可状を持っているはずだから、ガサをやるだろう」

「わかりました」

俺はこたえた。「では、このまま密行に出ます」

徳田班長は、再び無言でうなずいた。


俺と縞長はスカイライン250GTの覆面車に乗り込んだ。機捜235というコールサインが割り当てられており、このシルバーの覆面車は、機捜車と呼ばれている。

目立たない車を選択したつもりなのだろうが、いつしか世の中にはSUVやミニバンがあふれ、セダンはあまり見かけなくなった。

だから、見る人が見ればすぐに機捜車だとわかってしまうが、一般人は気づかないだろう。

機捜車に乗って、担当地域を見回ることを「密行」と呼んでいる。だが、これは警察内部では特別な言葉ではない。物事を公にせずに行動することがすべて「密行」と言われる。

「強行犯係の連中は、さぞかし悔しがっているだろうね」

助手席の縞長が、独り言のような口調で言った。俺はそれにこたえた。

「下平は、事前にガサを察知していたと言ったよね。情報が漏れていたのかな……」

「だとしたら一大事だな。捜査情報が被疑者に漏れていたなんて……」

「渋谷署は大騒ぎじゃないのかな。恐喝の犯人捜しと同時に、捜査情報を漏らした犯人も捜さなきゃならないんだ」

「まあ、放ってはおけないだろうな」

内通者は組織の敵だ。必ず見つけ出して厳しく処分しなければならない。「罪を憎んで人を憎まず」などという言葉があるが、警察官も人の子なので、犯罪者に憎しみを覚える。ましてや、裏切り者である内通者に対してはより厳しい眼が向けられる。

俺や縞長が、どこか他人事《ひとごと》の発言をしているのは、渋谷署に同居していても俺たち機捜は本庁の刑事部所属だからだ。渋谷署には分駐所として間借りしているだけなのだ。

夕刻、密行を終えて渋谷分駐所に戻ると、ほぼ同時に帰投していた梅原、井川組と駐車場で会った。井川は徳田班で一番若手だ。

「よお、今上がりか？」

梅原が近付いてきた。そして、声を落として言った。「聞いたか？　熊井の話」

俺は眉をひそめた。

熊井猛は、渋谷署強行犯係の巡査部長だ。無愛想で、会うと必ず厭味を言われる。

「何だ？　熊井の話って……」

「ウチコミの情報を漏らしたのは、熊井じゃないかって噂がある」

俺と縞長は顔を見合わせた。

縞長が梅原に尋ねた。

「それは、どこからの情報だね？」

「どこからって……。はっきりした情報源があるわけじゃないです。あくまでも噂ですよ」

「その噂をどこで誰から聞いたかが重要だと思うんだが……」

「強行犯のやつらが立ち話しているのが、偶然耳に入ったんです」

俺は言った。

「偶然耳に入った……」

梅原が油断のならないやつだということは、よく知っている。つまり、優秀な警察官だということだ。

味方にしている間は都合がいいが、敵には回したくないタイプだ。彼のことだから、誰かに探りを入れていたに違いない。

噂の出所は強行犯係ということなのだろうか……。

縞長が言った。

「確かなことがわかるまで、あまりそういうことを人に漏らしてはいけないんじゃないか……」

梅原は肩をすくめた。

「他のやつには言いませんよ。相手が高丸だから言ったんです。同じ徳田班の仲間だし、かつての相棒だから」

「私らは決してしゃべらない。だから、梅原もこれ以上は噂を広めないことだ」

「わかりましたよ」

梅原と井川が歩き去ると、俺は縞長に言った。

「熊井は嫌なやつだから、噂が本当だったら、ちょっと面白いことになるな」

縞長がこたえる。

「おそらく今、強行犯係の連中は疑心暗鬼になっているに違いない。火の気があればすぐに燃え上がるような状態だ。だから、決して余計なことは言わないことだ」

「わかってるよ。俺が言いたいのはね、熊井は嫌なやつだが、決して愚かなやつじゃないってことだ。刑事としては優秀なんじゃないかと思う。それが、被疑者に情報を漏らしたってのが、ちょっと信じられないんだ」

「同感だね。熊井はそんなつまらない不正をやるやつじゃない」

「じゃあ、ちょっと調べてみる?」

縞長が驚いた顔になって言った。

「そんなのは機捜の仕事じゃないだろう」

「機捜は何でも屋だからね。自分たちが仕事だと思えば仕事になる」

「そんなばかかな……」

「表向きは、下平を捜すということでいいんじゃないの？」

「それは、強行犯係の仕事だろう」

「乗りかかった船じゃない」

俺は真相を知りたかった。

もし、本当に熊井が漏洩《ろうえい》の犯人なら、その事実を突きつけて、俺たちの立場を有利にすることができる。

もともと、所轄の機捜に対する扱いは雑だ。彼らは、機捜をパシリ程度にしか考えていない節《ふし》がある。警視庁本部の捜査一課になると、もっと露骨だ。邪魔者扱いするやつすらいるのだ。

もし、熊井が内通者だったとして、その事実が明るみに出たら、おそらく懲戒処分を食らうことになるだろう。

必然的に彼らと機捜の力関係にも、おおいに変化が生じるはずだ。

俺はそんなことを考えながら、日頃使用する分駐所のデスクに向かった。今日一日の報告書を、パソコンに打ち込んでいると、縞長が一枚の写真を見つめているのに気づいた。

今どきは、誰でもパソコンやスマホで写真を見る。こうして、紙焼きの写真を見る者は少なくなった。

俺は尋ねた。

「何を見てるんだ？」

縞長は写真をよこした。デジタル写真をプリントしたものだ。下平の写真だった。

「シマさんのことだから、もうすっかり人相は頭に入っているんだろう？」

「それでもこうして眺めていると、新たな発見があるし、印象を頭に刻みつけることができる」

「さすがに、元見当たり捜査員だね」

「そう。その当時は、五百人くらいの人相を頭に叩き込んでいたものだ。そのときに使用したのが、紙焼きの写真なんで、いまだにプリントしたものでないと、頭に入らない。不思議なものだ」

「あ、それ、わかるなあ……。グラビアアイドルの写真集は、やっぱり紙に印刷していないとなあ……。ネットで見てもありがたみがあまりないいんだ」

縞長は戸惑ったように目を瞬《しばた》いた。

「えーと、まあ、そういうこととは、ちょっと違っているかもしれないがね……」

俺は手にした下平の写真を見た。人相を覚えるときは、眼を見ろと言われる。変装しようと整形しようと、眼だけは変えようがない。

また、耳を見ろと言う人もいる。帽子をかぶろうが、マスクをしようが耳だけは出ていることが多いので、その特徴を捉えるのが大切だというわけだ。

どちらも一理あると思う。

俺は写真を縞長に返すと、言った。

「どうして、あらためて下平の写真なんて見てるんだ？」

「ああ」

縞長がこたえた。「明日から、下平を捜すんだろう」

2

渋谷署管内の密行を続け、下平の姿を捜し求めたが、一日目は成果はなかった。幸い、初動捜査の仕事もなく、密行を終えて渋谷分駐所に引き上げて来た。

署内で、熊井を見かけた。彼は、署の一階で誰かと話をしていた。いつもよりも不機嫌そうに見えた。

相手は俺も知っているやつだった。

東都《とうと》新聞の柏田竜次《かしわだりゅうじ》というベテラン記者だ。こいつは、熊井以上にいけ好かないやつだと、俺は思っていた。

たぶん年齢は五十歳くらいだ。この年になって現場に出ているということは、よほどの変わり者であるか、出世できない何かの理由があるということだろう。

かつて、気概のあるジャーナリストは、現場主義で、とにかく常に外回りをしていて、現場に駆けつけることが重要と考えていたようだ。

今では、公式の記者発表をそのまま記事にしたり、インターネットで調べ物をする記者も多いという。

たしかに、警察の発表だけを記事にしてくれれば、警察官にとってこれほど楽なことはない。しかし、記者との間に緊張感も共感も得られない。それはちょっと淋しい気がする。

一方で、柏田はこちらの都合などお構いなく、ずけずけと話を聞きに来る。記者らしい記者ではあるのだが、その態度がいささか鼻につく。

猜疑心の塊《かたまり》のような男で、こちらの言うことを信じようとしない。何か言っても信じてもらえないのだから、話す気もなくなる。

それでもしつこく寄ってくるのだ。

しかめ面の熊井が何かを吐き捨てるように言って、柏田のもとを離れた。

熊井がいなくなると、柏田は俺と縞長のほうに近づいてきた。

「よう。ちょっと話を聞かせてもらっていい？」

俺はこたえた。

「これから第二当番と引き継ぎがあるんですよ」

「時間は取らせないよ。昨日のウチコミに機捜も参加したんだろう？」

「発表されたこと以外はしゃべれませんよ」

「誰が参加していたかはわかってるんだ。今さら隠しても仕方がないよ」

「知っているなら、俺に訊かなくたっていいでしょう」

「訊きたいのはさ、どうして下平を逃がしちまったのかってことだよ」

「そんなこと、俺にはわかりませんよ。被疑者だって必死ですからね。逃げられることだってあります」

「誰かが内通していたっていう話もあるよな？」

「何が言いたいんです？」

「刑事が被疑者と通じていたってことさ。下平に何か、弱みを握られていた刑事がいるんじゃないのか？」

「弱み……？」

「内部でも調べてるんだろう？　内通者のこと」

「さあね。もしやっているとしても、それは渋谷署の役目ですから」

「そいつが問題なんだよなあ」

「問題？」

「そうだよ。何か不祥事があっても、それを警察全体の問題として考えないんだ。だから、不祥事がなくならない」

「被疑者確保に失敗したのは、不祥事じゃありませんよ。うまくいく仕事もあれば、そうでないのもある」

「内部にいれば、何か聞こえてくるだろう？　機捜は本部所属だから、渋谷署に義理立てすることもない。何か知ってたら教えてよ」

柏田は熊井が内通者かもしれないという噂のことを知っているに違いない。その言質《げんち》を取りたいのだ。

俺は腹が立った。熊井は嫌なやつだが、身内であることは間違いない。柏田は、俺に身内を売れと言っているのだ。

「何も知りませんよ」

俺は言った。「渋谷署内を嗅《か》ぎ回ったところで、無駄ですよ。こんなことを続けていると、出禁《できん》になりますよ」

柏田は、笑みを浮かべた。

「俺はずっとこういうやり方を続けてきたんだ。それで、出禁になることもクビになることもなかった」

「とにかく……」

俺はきっぱりと言った。「俺たちは何も知りません」

「そうかい。まあ、またそのうちに話を聞かせてもらうかもしれない」

そう言うと柏田は俺たちのもとを離れて行った。

分駐所に向かって歩き出すと、俺は縞長に言った。

「どうして記者は、警察がヘマをやると、鬼の首を取ったようにはしゃぐんだろうな」

「権力の監視をしているつもりになれるからだろうね」

「つもり？」

「そう。本来なら政府を監視して批判しなければならないのだろうが、それほどの気概も根性もないから、権力の末端である警察を批判したがるんだよ」

「へえ。シマさんも辛辣《しんらつ》なことを言うんだね」

「骨のある記者がいなくなったからね。私はね、本来のジャーナリズムは大切だと思っているんだ」

分駐所に戻る直前に、熊井が俺たちの行く手を遮った。

「おい、柏田と何か話をしていたな」

俺は「ああ」とこたえた。

「何を話していたんだ」

別に隠す必要もないので、俺は言った。

「どうしてウチコミが失敗したのか訊かれた」

「何てこたえたんだ？」

「ありのままをこたえたよ。ウチコミなんてうまくいくこともあるし、失敗することもあるって……」

「柏田は、他に何か言ってなかったか？」

「何かって、何だ？」

熊井がさらに不機嫌そうな顔になって言った。

「何かだよ」

「あんたこそ、柏田に何を言われたんだ？」

「別に何も言われていない」

「あいつと話をして腹を立てた様子だったけどな」

そのとき、縞長が言った。

「俺たちは、同じ警察官だ。そうじゃないか？」

熊井が縞長を見て言う。

「当たり前じゃないですか。今さら何を言ってるんです」

縞長が年上なので、いちおう丁寧語《ていねいご》を使っているが、態度は決して相手を敬《うやま》っているという感じではない。

縞長がさらに言った。

「私らは記者じゃないんだよ。腹の探り合いは必要ないと言ってるんだ」

熊井がちらりと俺のほうを見た。俺は言った。

「そっちが意味ありげな態度だから、こっちも警戒しちまうんだ」

熊井が言う。

「そっちこそ、なんかこそこそしてないか？」

縞長が言った。

「あんたが内通者じゃないかという噂があると聞いた」

熊井はむっとした顔になって縞長を見た。

「内通者だと？」

「そう。あんたが下平に情報を流したから、身柄確保に失敗したと……」

「ばかを言うな」

俺は尋ねた。

「あんたが情報を漏らしたわけじゃないんだな？」

「下平に情報を漏らすわけがない。そんなことをしたら、たちまち懲戒免職だ」

縞長が言う。

「それでもつい、内通してしまう者がいる。残念なことだけど、そういう不祥事は後を絶たない」

「下平に情報など漏らしていない」

熊井はそう言うと、くるりと踵を返し、足早に去って行った。

俺はその後ろ姿を見ながら言った。

「熊井はああ言ってるけど、どう思う？」

「私は信じるよ」

縞長は歩き出した。「同じ警察官なんだからね」


翌日は第二当番の夜勤だ。夕刻から機捜車を引き継ぎ、密行に出た。強盗未遂や小火《ぼや》の初動捜査があり、落ち着かない夜だが、機捜の仕事はこんなものだ。

小火の検証を終えて、ススだらけで車に戻り、再び街を流しはじめたとき、縞長が言った。

「停めてくれないか」

「どうした？　トイレか？」

「今通り過ぎた交差点だ。確認したいことがある」

俺は機捜車を車道の端の縁石に寄せた。停車すると、縞長はすぐに車を降りた。俺も急いで縞長に続いた。

富ヶ谷の交差点の近くだった。縞長は立ち止まり、四方を見回した。彼が何かを見つけたのは確かだ。こういうときは声をかけないに限る。

やがて縞長が言った。

「あそこだ」

彼が指さした先を見た。背を丸めて歩く男が見える。

「あれが何か……？」

「下平茂雄だ。間違いない」

「え……」

俺はもう一度、その人物のほうを見た。山手通りの向かい側の歩道を、代々木八幡《よよぎはちまん》駅のほうに向かって歩いている。

こちらに背を向けているので、人相は見て取れない。だが、俺は縞長の眼力を疑ってはいなかった。

見当たり捜査で鍛えた彼の眼に間違いはない。俺は言った。

「俺が尾行する。機捜車に戻って無線で連絡をしてくれ」

縞長が言った。

「熊井の電話番号を覚えているかね？」

「熊井の？　知ってるけど……」

「彼に知らせせちゃどうかと思うんだが……」

「それ、どういうこと？」

俺は、遠ざかっていく下平らしき人物の後ろ姿を眼で追いながら尋ねた。縞長がこたえた。

「規定通り連絡しても、どうせ渋谷署強行犯係に知らせが行くんだろう？　だったら、直接知らせたほうが早い」

縞長が、決められた手順を守らないのは珍しいことだ。だが、ここで言い合いをしている時間はない。まずは直属の上司である徳田班長に報告するのが決まりだ。

「わかった」

俺は尾行を開始した。縞長もいっしょだった。

対象者を見失わないように注意しつつ、携帯電話を取り出して熊井にかけた。もし出なかったらすぐに徳田班長に連絡しよう。そう思い、呼び出し音を聞いた。

「はい、熊井」

「下平らしい人物を発見した。今尾行している」

「何だって？　どういうことだ？」

「言ったとおりだ」

「どうして無線で連絡しない？」

「シマさんが、あんたに知らせたらどうかって……」

しばらく沈黙があった。俺は言った。

「おい、聞いてるのか？」

「聞いている。今どこだ？」

「代々木八幡の近くだ」

「態勢は？」

「今、二人で尾行中だ」

「いいか。絶対に手柄を立てようなんて思うなよ」

「二人で確保するつもりなら、電話なんてしないよ」

「逐一《ちくいち》状況を知らせてくれ」

あんたに命令される義理なんてないんだよ。そう言いたかったが、被疑者確保が第一だ。

俺はこたえた。

「わかった」

そして、電話を切った。

「私はこのままこちら側の歩道を行くから、高丸は車道を横断して彼の真後ろから尾行してくれ」

「了解」

二人くっついて尾行すると気づかれやすい。だから離ればなれになって尾行するのだ。

人数が確保できる場合は、四人で対象者を取り囲むようにして尾行することもある。これをハコと呼んでいる。

一人が前方に回り込むのも高度な尾行の一つだ。対象者が急に逃走したような場合に対処しやすいのだ。

案の定、下平らしい人物が代々木八幡駅前の路地に入ったとき、縞長はそれを追い抜くような形で前に出た。

その男はさらに、細い路地に入っていった。縞長はその路地の角を通り過ぎた。怪しまれないためだ。俺は縞長の意図を察して、男を見失わないように路地に入った。

やがて男は、小さなアパートらしい建物に入っていった。俺は住所を確認した。渋谷区代々木五丁目だ。

そのアパートを通り過ぎてから、辻《つじ》で立ち止まった。右に行くと代々木公園だ。しばらくすると、縞長がやってきた。

俺は言った。

「男がアパートの部屋に入るのを確認した」

「ああ。私も見た」

俺は携帯電話を取り出して熊井にかけた。

「マル対は、渋谷区代々木五丁目のアパートに入った」

詳しい住所とアパートの特徴を告げると、熊井が言った。

「部屋の番号は？」

「番号は確認していないが、一階の一番右の部屋だ」

「わかった。前回同様に、夜明けと同時に踏み込むことになる」

「張り込みは？」

「手配している。それまで見張っていてくれ。もし、マル対が部屋を出たなら……」

「わかっている」

職質をかけて任意同行を求める。もし、逃走したらその場で確保だ。

電話が切れた。俺は縞長に言った。

「しばらく二人で見張ることになりそうだ」

「問題ないね」

「機捜車を路上駐車したままだ。まさか、レッカー移動とかされないだろうな」

「今どきの交通課の連中はやりかねないね」

渋谷署強行犯の連中がやってきたのは、それから三十分も経ってからだった。熊井が近付いてきて言った。

「ご苦労だったな」

俺はうなずいた。

「あとは任せるよ」

熊井は一瞬戸惑ったような表情を見せた。

「それでいいのか？」

「ああ。機捜だからね」

深夜の住宅街に、強行犯係の捜査員たちが配置につくのを見ながら、俺と縞長は富ヶ谷の交差点のあたりまで戻った。

幸い、機捜車はレッカー移動も駐車違反の貼り紙もされず残っていた。俺が運転席に、縞長が助手席に乗り込む。

「さて、密行を続けようか」

俺が言うと、縞長は無言でうなずいた。夜明けまではまだしばらくある。


下平茂雄確保の知らせを聞いたのは、機捜車を駐車場に戻し、分駐所に戻ったときのことだ。

それを俺たちに告げた徳田班長が続けて言った。

「下平を見つけたのは、おまえたちだそうだな？」

説教を食らうのだと、俺は覚悟した。

「はい」

「俺は無線を聞いていない。それはどういうわけだ」

「えーと、それは……」

俺が言葉を探していると、縞長が言った。

「私がそうするように言ったんです」

徳田班長が縞長を見て、表情を変えずに尋ねた。

「それはなぜです？」

「妙な噂が立っていましたからね」

「妙な噂？」

「渋谷署強行犯係の熊井が内通者だという……」

「ああ、それなら知っています。だから、何だと言うんです？」

「熊井だけに知らせれば、彼が内通者かどうかはっきりすると思いましてね……」

「試したというわけですか？」

縞長は小さく肩をすくめた。

「妙な噂を払拭《ふっしょく》するチャンスでもありましたしね……」

「そういう結果になりましたね」

「私は熊井を信じていましたから……」

徳田班長が言った。

「今後は、決められた手順を守ってください」

「はい、もちろんです」

滅多に笑わない徳田班長が、かすかに笑みを浮かべたので、俺はちょっと驚いていた。

俺は縞長に言った。

第一当番への引き継ぎを終えると、あとは帰宅するだけだ。

「なるほどねえ。熊井が内通者かどうかを確かめると同時に、あいつに名誉挽回のチャンスを与えたってわけだ」

「熊井は優秀な刑事だ。捜査における密行の原則がいかに大切かをよくわかっているはずだ」

「でも、魔が差すことだってあるだろう」

「熊井は、どうして下平が最初のウチコミを察知したのか、知っているんじゃないかねえ」

「熊井が……？」

「東都新聞の柏田と話をしているのを見ただろう。食いつきそうな顔をしていた」

「たしかにそうだったけど……。熊井が記者と話すときに無愛想なのはいつものことじゃない」

「だが、あのときはちょっと普通じゃなかった」

そうだったかな……。俺はそう思いながら、帰り支度をした。

縞長といっしょに階段を下《くだ》っていると、熊井に会った。彼は階段を上ってくるところだった。

「おい」

熊井は仏頂面《ぶっちょうづら》のまま俺たちにうなずきかけた。すれ違ってから彼の声が聞こえた。

俺たちは立ち止まり、振り返った。熊井が俺を睨んでいる。俺は言った。

「何か用か？」

「下平を偶然見つけるとは、ツイてるな」

「ただのツキじゃないよ。シマさんじゃなければ見つけられなかったはずだ」

熊井がうなずいた。何か言いたそうにしているが、言葉が出てこない様子だ。

「じゃあな。明け番で帰るところなんだ」

俺が言うと、熊井が言葉を返した。

「待てよ」

「だから何なんだよ」

「礼を言おうと思ってな」

「別に礼を言う必要はない。下平の恐喝はもともとあんたら強行犯の事案だからな」

「そういうことじゃないんだ。噂のことだ」

「あんたが内通者かもしれないという噂か？」

「そうだ。噂を知っているのに、あんたは直接俺に電話をくれた」

「シマさんが、そうしろと言ったんだ」

熊井が縞長を見て言った。

「だから、そのことについて礼を言いたい」

つまり、噂があったにもかかわらず信じてくれたことに感謝する、と言いたいのだろう。

縞長が言った。

「最初のウチコミのとき、どうして情報が漏れたか、わかっていたんじゃないのかね？」

「ああ。疑いを晴らすためにいろいろ調べたからな。下平の身柄を取ったので、確認が取れた」

俺は尋ねた。

「もしかして、東都新聞の柏田か？」

熊井は顔をしかめて、一度周囲を見回してから言った。

「まあ、そうとも言えるが、あいつは故意に情報を漏らしたわけじゃなさそうだ」

「どういうことだ？」

「被疑者の周辺取材をしているうちに、やつは芦田綾香に行き着いた」

「あの部屋の住人だな？」

「下平のイロだ。記者が取材にやってくるということは、警察も嗅ぎつけているに違いないと芦田綾香は判断して、下平に逃げるように言ったというわけだ」

「迷惑な話だな」

「まったくだ。勝手な取材がどれだけ捜査の迷惑になっているか、やつらわかっていないんだ」

「自分の取材が、ウチコミの失敗につながったと、柏田は気づいていたんじゃないかね」

縞長が言った。「だから、あれこれ聞き回って、警察に落ち度がないか調べていたんだ。誰かのせいにしたかったんだね」

「そう」

熊井が言った。「噂の出所は、おそらく柏田だ。だが、芦田綾香に接触したことも、警察内部であれこれ聞き回っていたことも、取材活動だから罰することもできない」

縞長が言った。

「記者はやっかいだね」

「そういうことだ。じゃあな」

熊井は階段を上っていった。礼を言いたいと言う割には愛想がない。まあ、これが熊井にしてみれば精一杯なのだろうと、俺は思った。

「柏田を出禁にできないんですかね？」

「マスコミの扱いは難しいんだ。出禁にするより、そのうちに利用してやればいいんだ」

「シマさんは、やっぱり大人だなあ」

俺のつぶやきが聞こえなかったかのように、縞長が言った。

「さて、私は帰って寝るよ」

「そうだね」

俺はそう言いながら、何をしようかと考えていた。明け番は、疲れているがなぜかわくわくする。明日は公休だ。

解説

西上心太《にしがみしんた》
（文芸評論家）

今野敏は、いうまでもなく警察小説の分野を牽引する作家の一人である。警察小説のシリーズや作品数の多さでは、たぶん並みいる作家の中でもトップを占めるだろうが、最大の功績は、警察のさまざまな職掌の警察官たちを取り上げてきたことではないだろうか。

数あるシリーズの中でもっとも古いシリーズが、ほとんど何も無かったころの台場《だいば》地区を舞台にした「安積《あずみ》警部補」シリーズだ。東京湾臨海署（通称ベイエリア分署）強行犯係の安積係長以下、四人（後に五人）の部下を合わせた総勢五人（後に六人）という小所帯のメンバーが、チームワークよく事件に挑んでいく。エド・マクベインの「87分署」シリーズを髣髴《ほうふつ》させる、所轄署の刑事をフィーチャーした作品だ。いっとき明治神宮に近い神南《じんなん》署に引っ越したが、再び台場地区に戻り、台場地区の発展と歩みを合わせるかのようにコンスタントに充実した作品が上梓《じょうし》されている。最新作は『暮鐘』。

暴力団を相手にするマル暴刑事・諸橋《もろはし》が活躍するのが「横浜みなとみらい署暴対係」シリーズで、最新作『大義』まで六作が刊行されている。その一方で『マル暴甘糟《あまかす》』と『マル暴総監』に登場する甘糟巡査部長は、強面の諸橋とは正反対の気弱なマル暴刑事という設定なのが愉快だ。昔気質《むかしかたぎ》のヤクザの組長がさまざまな副業に手を出すことで引き起こされる珍騒動を描いた「任侠」シリーズにも、東京下町の所轄署勤務というご近所のよしみで、カメオ出演をはたしている。

窃盗犯の捜査を専門に行うのが捜査三課である。警視庁捜査三課の職人気質のベテラン刑事の活躍を描くのが、『確証』などに登場する「萩尾《はぎお》警部補」シリーズだ。コンビを組む新人女性刑事を鍛えるバディ小説の側面もある。

そして今野敏がいっそう飛躍するきっかけとなった「隠蔽捜査《いんぺいそうさ》」シリーズがある。主人公の竜崎《りゅうざき》は警察庁長官官房というエリートでありながら、家族の不祥事で所轄署の署長という降格人事を受けるも、赴任した大森《おおもり》署で大活躍を見せる。『清明《せいめい》　隠蔽捜査8』以降は神奈川県警の刑事部長を拝命し、新たな展開を迎えることになった。

以上の作品群はいずれも刑事警察だが、公安ものもある。それが『曙光《しょこう》の街』以降、最新作『ロータスコンフィデンシャル』まで、ロシア絡みの事案を担当することが多い公安部所属の「倉島《くらしま》警部補」シリーズである。

警察学校で同期だった二人の男が、やがて警視庁捜査一課と公安総務課に配属され、互いの立場で事件に挑んでいくのが「同期」シリーズだ。同期同士の強いつながりによる友情と、刑事警察と公安警察を同時に扱った、作者の工夫が感じられるシリーズである。

またバイクの機動力を生かした、警視庁捜査一課特殊班捜査係が統括するバイク部隊の活躍を描いた「ＴＯＫＡＧＥ」シリーズも忘れがたい。

さらに、警察ドラマ撮影の便宜を図る部署という警視庁「ＦＣ」シリーズ、特殊技術に秀でた警視庁科学特捜班の五人のメンバーが、特技を生かして事件にアプローチする「ＳＴ」シリーズなど、架空の組織を創設してしまう試みも進取の精神に富んでいる。

そしてここにまた今野敏の警察小説に新たな部署が加わった。それが本書のタイトルになっている〈機捜〉、すなわち機動捜査隊である。

機動捜査隊とは二人一組で機捜車両に乗り、エリアを巡回し警邏《けいら》活動をするのが任務である。ひとたび無線が入れば、機動力を発揮して事件現場に駆けつけ初動捜査にあたるのだ。だが所轄署や捜査一課などが到着すると、それまでの捜査情報を伝達して再び巡回に戻っていく。機捜隊員は主に所轄署から選抜され、捜査一課が主に扱う殺人や強盗などの重要事案の端緒に触れることが多い。機捜でさまざまな経験を積み、本庁捜査一課に抜擢されるというのが、刑事のエリートコースの一つなのだ。

高丸卓也《たかまるたくや》は第二機動捜査隊の第三方面を担当する隊員で、三十四歳になる巡査部長だ。

相棒の梅原《うめはら》が任務中に負傷したため、臨時にコンビを組む新たなパートナーが着任した。だが高丸は白髪頭のその人物を見て驚く。縞長省一《しまながしょういち》巡査部長はなんと定年間近、五十七歳になるロートルだったのだ。高丸ももちろん本庁の捜査一課への異動を望んでいる。それなのにこんなロートルと組まされることで、足を引っ張られたらたまらないと思ったのも無理はない。

通常、経験の浅い者が機捜車の運転を務めるのが慣例だが、同階級とはいえ二十歳以上も年上の縞長に運転させるわけにもいかず、高丸の運転によって巡回に出かけることに。だがすぐに高丸は縞長の得がたい能力に気づかされる。助手席に座る縞長は渋谷の雑踏の中からある男を発見し職務質問を行う。逃走した男を高丸が緊急逮捕したところ、指名手配中の殺人犯であることがわかったのだ（第一話「機捜２３５」）。

縞長は警視庁捜査共助課の見当たり捜査班に在籍していたのだ。見当たり捜査とは、何百人という指名手配犯や逃亡犯の特徴を頭にたたき込み、駅などの人混みに立ち、彼らを発見するのが仕事である。高丸たちの上司・徳田《とくだ》班長は「機捜の機動力に、シマさんの眼が加わることで、指名手配犯などの検挙率が上がることが期待できる」と、縞長が配属された理由を想像する。

縞長は自らを刑事の落ちこぼれと自嘲する。実際に刑事になったのは四十歳を過ぎてからで、他人を押しのけるようなことが苦手で、そのためかほとんど実績を上げられなかった。五十歳の頃刑事として引導を渡されたが、見当たり捜査官として最後のチャンスをつかんだ苦労人なのだ。このような人物なので、高丸に対しても丁寧《ていねい》な口を利《き》く。一方の高丸も相手が年上という遠慮もあってタメ口を利けない。「あなたが、私のことを、本当に相棒だと認めてくれたとき、自然に互いにタメ口になるんじゃないでしょうか」という縞長の言葉通り、ようやく第三話「眼力」の最後でタメ口をたたき合う仲になるのだ。

高丸たち機捜隊員は渋谷署にある分駐所に詰めている。顔見知りの所轄刑事からは、事件の端緒に関わるだけで、所轄や捜査本部に引き継ぐ機捜のことを、事件をつまみ食いしておしまいな気楽な仕事だと嫌みを言われることもしばしばで、高丸はその度に悔しい思いをしている。その一方、通常業務以外にも、家宅捜索の助っ人に駆り出されたり、捜査本部に加わったりすることもある。

第六話の「潜伏」ではマンションの一室に強盗傷害犯が潜伏している疑いがあり、張り込みの手伝いをするのだが、寒い季節なのに縞長はゴミ捨て場でゴミ袋の間に隠れる辛い役目を志願する。若い高丸が自由に動けた方が犯人が逃走した際に役に立つし、自分がそこにいた方が、見当たり捜査の能力を生かせるという理由があるからだ。この後、縞長の能力により犯人逮捕に成功し、渋谷署強行犯係に恩を売る形になった。

だが「強行犯係の連中は、恩義なんて感じないでしょう。それが機捜の仕事ですよね」と縞長は言う。それに呼応して「(他の部署の)捜査員の礼など期待しないで、黙々と任務をこなす。それが機動捜査隊の誇りだ」と、高丸は堂々と胸の内で思うのだ。

　このように、自分の能力をわきまえた縞長のプロフェッショナリズムが、随所で表出され、そんな縞長と毎日接してコンビを組む高丸も知らぬ間に成長していく。プロフェッショナリズムの発露と人間の成長。これが今野作品を読む楽しみの一つなのだ。

　一方、二人が殺人事件の捜査本部に加わることになるのが、第七話「本領」だ。捜査本部はダメ刑事だった縞長にとってよい思い出がなく、現実にその時代を知っている元同僚に散々に腐され、いつになく弱気になる。それに対し高丸は、見当たり捜査を経験して縞長は変わったはずだ、すり込まれたマイナスイメージを払拭《ふっしょく》しようと励ますのだ。真の名コンビが誕生した瞬間ではないだろうか。

　さらに最終話の「密行」では、渋谷署のある刑事が捜査情報を漏《も》らしたのではないかという噂が立つ。その刑事はいつも機捜を腐して憎まれ口を叩く人物だった。だが二人は規則を少し曲げてまでも、彼の疑いを晴らす粋《いき》な計らいを見せるのだ。

　本書は全九話からなる短編集だ。そして今野敏の警察小説では唯一高丸の一人称で語られているのが大きな特徴であり新鮮なところだ。おりしも二作目の『石礫《せきれき》』の連載も終了し、二〇二二年五月に刊行予定という。こちらは長編で高丸の三人称視点に変更されている。

　作者によれば、本書では高丸の等身大の印象を強めたかったので、一人称を用いたという。それに対し、長編である二作目の『石礫』は、物語の構造が複雑になることもあり、一人称よりも三人称の方がふさわしいと考えたと語ってくれた。なるほど、作者でなければわからない深い計算があることが判明した。

将来は、高丸の一人称による短編集と、三人称視点の長編というローテーションも期待できるのかもしれない。

ともあれ、本書は機動捜査隊をフィーチャーした稀少な作品である。警察小説ファンならば、必読の一冊であることを保証する。

二〇一九年三月　光文社刊

光文社文庫

機《き》捜《そう》235

著　者　今《こん》野《の》　敏《びん》

2022年4月20日　初版1刷発行
2024年11月5日　4刷発行

発行者　三宅貴久
印　刷　堀内印刷
製　本　ナショナル製本

発行所　株式会社　光文社
〒112-8011　東京都文京区音羽1-16-6
電話　(03)5395-8149　編集部
8116　書籍販売部
8125　制作部

落丁本・乱丁本は制作部にご連絡くだされば、お取替えいたします。

ISBN978-4-334-79340-1　Printed in Japan

組版　萩原印刷

光文社文庫　好評既刊

風塵乱舞	田中芳樹
王都奪還	田中芳樹
仮面兵団	田中芳樹
旌旗流転	田中芳樹
妖雲群行	田中芳樹
魔軍襲来	田中芳樹
暗黒神殿	田中芳樹
蛇王再臨	田中芳樹
天鳴地動	田中芳樹
戦旗不倒	田中芳樹
天涯無限	田中芳樹
白昼鬼語	谷崎潤一郎
ショートショート・マルシェ	田丸雅智
ショートショートBAR	田丸雅智
ショートショート列車	田丸雅智
おとぎカンパニー	田丸雅智
おとぎカンパニー　日本昔ばなし編	田丸雅智
令和じゃ妖怪は生きづらい	田丸雅智
優しい死神の飼い方	知念実希人
屋上のテロリスト	知念実希人
黒猫の小夜曲	知念実希人
神のダイスを見上げて	知念実希人
白銀の逃亡者	知念実希人
或るエジプト十字架の謎	柄刀一
或るギリシア棺の謎	柄刀一
槐	月村了衛
インソムニア	辻寛之
エーテル5・0	辻寛之
ブラックリスト	辻寛之
レッドデータ	辻寛之
エンドレス・スリープ	辻寛之
焼跡の二十面相	辻真先
二十面相　暁に死す	辻真先
サクラ咲く	辻村深月